Bliss

Métamorphose d'une fille ordinaire

Traduit de l'américain par Marie Cambolieu

Titre original : *Derby Girl*

Cet ouvrage a été réalisé par les Éditions Milan
avec la collaboration d'Astrid Dumontet et de Valérie Contactsis
Mise en pages : Graphicat
Création graphique : Bruno Douin

First published by Henry Holt and Company LLC.,
175 Fifth Avenue, New York, NY 10010, USA.
A division of Holtzbrink Publishing Holdings Limited Partnership.

Pour l'édition française :

300, rue Léon-Joulin, 31101 Toulouse Cedex 9, France
Loi 49-956 du 16 juillet 1949 sur les publications
destinées à la jeunesse
ISBN : 978-2-7459-4552-5
www.editionsmilan.com

Shauna Cross

Bliss

Métamorphose d'une fille ordinaire

MACADAM
MILAN

Une vie moisie

Allez savoir comment, par quelle curieuse magouille, je me suis retrouvée dans un bled du Texas, avec deux imposteurs culturellement déficients en guise de parents. Mes géniteurs doivent se trouver ailleurs, quelque part, c'est certain. Ce sont sans doute des artistes bobos, qui possèdent un loft à New York. Ou à San Francisco ; ça m'irait aussi. Je troque ma ville de bouseux pour San Francisco quand vous voulez.

Ô Parents potentiellement cool,

Si d'aventure vous réalisez qu'il vous manque une charmante gamine de seize ans délicieusement sarcastique, envoyez-moi un billet d'avion.

Je suis prête à rentrer à la maison.

Bisous,

Votre Progéniture magnanime

P.-S. Si vous n'êtes pas mes vrais parents et que vous trouvez ce message (et aussi que vous êtes cool et sans enfants), songez à entrer dans le monde merveilleux de l'adoption.

La proposition d'adoption s'adressant uniquement aux habitants de villes acceptables – liste à déterminer par l'adoptée.

J'ai écrit cette petite missive pour un « lâcher de ballons » (cherchez pas) organisé au lycée. Jusque-là, pas de réponse, mais l'espoir fait vivre.

L'espoir, à Bodeen, Texas, on ne carbure qu'à ça. À moins bien sûr d'être un péquenaud, qui fait du foot américain, roule en pick-up et écoute de la country. Si c'est votre cas, pas de doute, Bodeen est votre Terre promise. Petit veinard.

Malheureusement, quand on est fan de rock indé, de fringues vintage, de tee-shirts tie-dye, de teintures bleues et que pour nous, pauvres incomprises, la vie est un film des années 60, alors Bodeen est, la plupart du temps, l'enfer sur Terre.

Ah, Bodeen… Ville où les coiffures des années 80 ne sont pas à prendre au second degré, et capitale internationale des glaces « Bleuet ».

Eh oui, c'est ici qu'on les fabrique et, croyez-le ou non, l'usine attire son lot de touristes. La visite est aussi fascinante qu'une partie de bridge au club du troisième âge. Mais à les entendre s'extasier, c'est une véritable révélation mystique, même si la cochonnerie qu'ils lèchent est identique à celle qu'on trouve au supermarché du coin.

Attention : n'allez pas imaginer que Bodeen est une destination prisée des globe-trotteurs – du genre garçons craquants. Bizarrement, les séjours à thème « crème glacée » ne visent pas ce marché-là. Et vous pouvez me croire, j'ai creusé le sujet. J'ai passé des heures à observer les cars de tour-opérateurs déverser leurs contenus de crétins adipeux, espérant apercevoir l'ombre d'un beau gosse entre ces popotins massifs. Autant vous dire que ça n'est jamais arrivé. Jésus s'éclatera en skateboard dans les rues de Bodeen avant qu'un beau mec ne mette un pied dans ce bled.

Et comme si ça ne suffisait pas, Bodeen s'est forgé une réputation pour les week-ends romantiques en amoureux. Traduction : des couples se traînent jusqu'ici dans l'espoir de raviver la flamme. Ils réservent une chambre kitch dans l'une de nos maisons d'hôtes « de charme » où ils s'occupent comme ils le peuvent : papier peint de grand-mère, rideaux en dentelles, sans oublier le doux parfum des muffins qui cuisent dans le four (au secours !).

Chaque vendredi soir, lorsque ces gens envahissent ma petite ville, leurs enfants sont seuls pour le week-end, quelque part au Texas. Et parmi eux, il doit bien y avoir un garçon drôle et intelligent, beau et fan de musique, qui apprécierait à sa juste valeur une fille aux cheveux bleus et à la discothèque fournie… C'est là que je me dis : pourquoi ne suis-je pas avec lui ?

JE DEVRAIS ÊTRE LÀ-BAS PENDANT QUE SES PARENTS SONT ICI.

C'est moche. Il n'y a pas d'autre mot.

Autant vous le dire : je m'appelle Bliss Cavendar. Bon Dieu, rien que de l'écrire, ce nom me file la nausée. Ironique, quand on pense que Bliss signifie « bonheur suprême » ou « félicité absolue » et que telle que vous me voyez je n'ai rien d'un Bisounours. Certes les bonbons à la banane me procurent de rares moments d'euphorie, mais ça reste limité. À l'évidence, ma cinglée de mère s'attendait à accoucher d'un rayon de soleil qui exécuterait des claquettes sur commande, mais les cigognes ont dû faire une erreur d'aiguillage. Surprise. Pas de claquettes, pas de rayon de soleil.

Pis encore, Brooke (ma soi-disant génitrice) souffre d'une pathologie rare mais persistante : l'addiction aux concours de beauté. J'appelle ça le syndrome du strass. À ce qu'il paraît, Brooke fut autrefois un beau brin de fille qui récolta son lot de couronnes et d'écharpes colorées, dont le titre hyper-disputé de « Miss Bleuet ». Titre qu'avaient raflé ma grand-mère et mon arrière-grand-mère avant elle.

Mais Brooke n'en est pas restée là. Elle a visé – désespérément et sans succès – les catégories supérieures. Cette frustration est sans doute à l'origine de sa quête épique (les Hobbits peuvent aller se rhabiller) du titre ultime pour sa progéniture. Eh oui : Brooke a décrété qu'à défaut d'être Miss Amérique, elle serait la mère d'une Miss Amérique. C'est là que j'entre en scène, appelez-moi Victime N° 1.

Toute ma tendre enfance, j'ai enduré ces marathons de l'horreur. Brooke me sculptait des coiffures défiant les lois de la gravité et me tartinait le visage de maquillage jusqu'à ce que je sois visible sur photos satellite. Je n'ai jamais reçu d'autre récompense qu'un « Certificat de participation », ce qui signifie « grosse nulle » en langage de concours de beauté.

Mais Brooke ne se laisse pas décourager par des détails aussi insignifiants que la réalité. Poursuivant son but tel un chien sa baballe, elle m'a aussitôt dégoté un « coach ». L'enchaînement mis au point était censé me faire décrocher le titre de « Little Miss Far West », décerné dans la ville voisine de Dripping Springs.

Mesdames et Messieurs, tout le Texas se lève pour applaudir Bliss Cavendar et son numéro de majorette !

Il faut me croire : j'ai donné tout ce que j'avais avec ce fichu bâton. J'ai tourné, dansé, lancé le truc en l'air, comme si ma vie en dépendait. Mais l'odeur de la laque a fini par me tourner la tête. Au beau milieu de mon final éblouissant, les dieux de la chorégraphie ont pris leur pause-clope. Le bâton a ricoché sur mon pied pendant que je faisais la roue et a rebondi dans le public, avant d'assommer Darla Schaffer, l'une des juges du concours. Renversant, non ? Il lui a fallu cinq bonnes minutes pour reprendre connaissance.

Nous sommes rentrées à Bodeen, sous une pluie battante, avec un nouveau « Certificat de participation ». Ma mère me répétait :

– Ça va aller, trésor. Il faut juste retravailler ce final et on sera au top. Ça n'est pas en renonçant qu'on devient Miss Amérique, tu sais.

Mais Trésor savait déjà tout et en avait fait son deuil. Deux semaines plus tard, inspirée par Gandhi, j'entamai une grève de la faim pour me libérer du joug maternel et de ses concours de beauté. Temporairement.

Elle veut toujours que je participe au concours de Miss Bleuet à la fin de l'année – une échéance que je tâche d'oublier. Ce sera le clou de cette carrière de Miss ratée.

Entre-temps, ma mère a reporté son rêve de Miss Amérique sur ma petite sœur Shania (un autre nom ridicule, mais qui cartonne dans les concours de beauté) qui vient d'avoir… attention… quatre ans. J'appelle mon amour de petite sœur « Pucinette », parce que le nom choisi par Brooke est décidément trop répugnant pour être prononcé à voix haute. D'ailleurs, quand Pucinette sera grande, je veux qu'elle se souvienne que je me battais aussi pour elle.

Ce qui est curieux avec Pucinette, cette reine de beauté de quatre ans, c'est qu'elle semble adorer la compétition. Quand Brooke lui démêle les cheveux, elle ne verse pas une larme et ne menace pas de se sauver. Et le plus incroyable, c'est qu'elle pousse de véritables cris de joie quand elle doit enfiler cette ignoble morceau de barbe à papa pailletée qu'ils osent appeler une robe. Au fond, c'est peut-être pour ça qu'elle gagne toujours. Elle est le rêve incarné de Brooke.

Parfois, je me sens coupable. Je devrais mieux protéger Pucinette de l'obsession de Brooke (après tout, je suis une rescapée). D'un autre côté, je suis heureuse que ma petite sœur rapporte les trophées que je n'ai jamais pu gagner. Au moins, Brooke m'oublie un peu. Or ma devise est : moins Brooke me gonfle, mieux je me porte.

Évidemment, cette adorable photo de famille ne serait pas complète sans y inclure mon père : Earl Cavendar. Et voilà tout ce qu'il faut savoir sur ce bon vieux Earl (la version abrégée, si vous préférez) : il est le gérant de la boutique de meubles Longhorn (qui propose les canapés les plus hideux de la Terre), se cantonne à trois ou quatre mots par jour et s'endort généralement dans son fauteuil RelaxMax après les résultat du foot. Earl sait bien qu'il ne fait pas le poids face à la tornade texane qui lui tient lieu d'épouse et a trouvé une bonne technique de survie : il fait exactement tout ce qu'on lui demande et évite Brooke au maximum.

Petite anecdote : contrairement à la version officielle, j'ai récemment découvert que la date du mariage remontait à cinq mois à peine avant ma naissance. Ça alors ! C'est pas beau l'amour ?

Pash Amini est dans la place

Contre toutes attentes (et Dieu sait qu'elles étaient nombreuses), j'ai réussi à trouver la meilleure copine qu'une zarbie comme moi pouvait dénicher dans ce trou : la seule, l'unique Pash Amini. L'an dernier, alors que j'étais sur le point de mourir d'ennui (je frisais l'encéphalogramme plat), Pash a emménagé à Bodeen et m'a ramenée à la vie sociale.

À peine quarante-cinq minutes passées dans l'enceinte du lycée et elle m'abordait devant mon casier, passant outre la timidité qu'une petite nouvelle est censée respecter.

– Salut, je m'appelle Pash.

Plutôt cash, la Pash.

J'ai jeté un regard à sa jupe crayon rétro et à ses boucles d'oreilles artisanales en forme de crâne, pendant qu'elle détaillait mon pantalon à pinces rayé noir et blanc et mon tee-shirt vintage « Saute à la corde avec Jésus ». On était faites l'une pour l'autre.

Cette fille est non seulement hilarante, brillante (excellentes notes dans toutes les matières), mais c'est aussi la pin-up arabo-américaine la plus sexy de ce côté du Texas. « L'unique bombe arabo-américaine », réplique-t-elle souvent. Évidemment, sa beauté exotique n'a pas trouvé son public parmi les orangs-outangs qui peuplent notre lycée. Je compatis. Non que leur compagnie soit gratifiante, mais le fait d'être admirée, même secrètement, est toujours appréciable.

Nous sommes au beau milieu de l'été et, en ce mois d'août torride, le thermomètre indique cinquante degrés : nouvelle preuve s'il en faut que Bodeen, Texas, c'est vraiment l'enfer. Pash et moi arpentons la ville durant notre dernière demi-heure de liberté avant de pointer au Boulot Si Affreux Qu'on Ne Prononce Pas Son Nom (BSAQNPPSN).

Je vais vous l'expliquer une bonne fois pour toutes, après quoi ce message s'autodétruira et vous ne m'aurez jamais vue.

Pash et moi travaillons au Bistrot du Groin, un grill « célèbre » (ou pas) pour la sculpture géante d'un cochon, haute de deux étages, qui trône au beau milieu du parking : le piège à touristes ultime.

Le BSAQNPPSN est si affreux que j'ai même songé à postuler au supermarché avant de l'accepter. C'est le job qu'on prend en tout dernier recours. Autant dire que Pash et moi étions les candidates idéales.

On partage un cône deux boules de Bleuet : cookie and cream pour moi, menthe-chocolat pour elle, avant de se défier à la cuillère en plastique. Et je dois bien admettre que, même si tout ce cirque touristique autour de l'usine Bleuet me gonfle, leurs glaces sont mon groupe alimentaire favori. Ces vaches connaissent leur affaire.

Mais je me passerais volontiers du marketing à grande échelle qui pollue le paysage. Impossible de faire trois pas sans se retrouver nez à nez avec ces exceptions culturelles. Des affiches démentielles, qui mettent en vedette la Miss Bleuet du moment, dans un costume de fermière à décolleté pigeonnant, avec un sourire jusqu'aux oreilles, en train de lécher son cornet de glace. Sexy, mais politiquement correct, histoire de ne pas offenser les religieux du coin.

Dès que je croise l'un de ces panneaux, je pousse un soupir consterné (« Voilà ce qui t'attend, ma grande. »), et ce au moins trente-cinq fois par jour. Au moins.

Aujourd'hui, la favorite pour le titre de Miss Bleuet s'appelle Corbi Booth, pom-pom girl émérite avec une tête de fouine. Je lui laisserais volontiers sa couronne tout de suite, mais Brooke en ferait une crise d'apoplexie. Dans une autre vie, Corbi et moi étions « meilleures cops », mais du jour où j'ai découvert la vraie musique et où elle s'est lancée dans la quête du gloss parfait, nos chemins se sont séparés.

Nous, c'est-à-dire vous, le reste du monde libre et moi-même, savons pertinemment que Corbi sera élue Miss Bleuet en novembre prochain, mettant un terme définitif à ma carrière d'ex-future reine de beauté. Mais il reste un tout petit problème : Val, la mère de Corbi. Cette publicité ambulante pour le silicone s'imagine qu'avec une ascendance comme la mienne je constitue une rivale sérieuse pour sa fille (ma mère l'ayant laminée l'année où elle a gagné).

Bien qu'étant le canasson de service dans cette course au titre (avec des cheveux bleus, on ne va pas loin dans ce genre de concours), je suis *persona non grata* dans l'estimomètre de Corbi.

Elle compense comme elle peut un QI abyssal par une passion pour les potins et les minijupes. Il se trouve qu'elle est aussi la petite copine de la star de l'équipe de foot du lycée, Colby Miller. Colby et Corbi… c'est-y pas mignon ? (Plutôt à vomir.)

Et curieusement, pour la bonne ville de Bodeen, ce couple ado cliché au possible incarne l'idéal de romance hollywoodienne. On ne se lasse pas de ces deux adorables tourtereaux.

Pash et moi-même nous en passerions volontiers. On ne peut même plus déguster notre glace tranquilles, sans voir arriver notre duo de choc, dans la Colbymobile (un énorme pick-up offert par Papa pour récompenser les exploits footballistiques du fiston), avec de la musique country à fond les ballons, cerise sur ce gâteau écœurant.

Et puis j'aimerais qu'on m'explique d'où sortent ces extraterrestres qui n'ont pas un bouton sur la figure alors qu'ils sont en pleine adolescence. C'est scandaleux à mort. Soit ils le paieront un jour, soit il n'y a pas de justice sur Terre.

Nos amoureux s'arrêtent justement au feu rouge et Colby nous regarde. C'est moi qu'il regarde, d'ailleurs, avec un mélange de surprise et de dégoût. Il se demande comment les gens comme moi ont le droit d'exister. Corbi frémit et touche le biceps gonflé aux stéroïdes de son copain, comme pour lui signifier de filer, avant que mon anormalité ne la contamine. (Cette grue a visiblement oublié l'époque des soirées pyjamas où elle mouillait mon lit – comment ose-t-elle me juger ?)

Le feu passe au vert et Colby et Corbi déguerpissent aussitôt. On les croirait poursuivis par une horde de zombies. J'ignorais que j'étais si effrayante. Je le prendrais presque pour un compliment.

Un silence s'installe dans l'atmosphère étouffante du Texas. Pash et moi pensons exactement la même chose, pas besoin de le dire à voix haute. *Comment ces crétins peuvent-ils trouver chaussure à leur pied quand nous souffrons d'une pénurie amoureuse flagrante ?*

Mais Pash ne tient pas longtemps. Elle est physiquement incapable de rester muette.

– Bliss, je sais que ma bonne résolution du Nouvel An était de ne pas déprimer, mais si je n'obtiens pas de résultat avec un garçon, je vais finir par exploser.

– Comme ça on te prendra vraiment pour une terroriste.

Elle éclate de rire. Oh oui, car le racisme se porte comme un charme à Bodeen et ma chère amie a essuyé son lot de calomnies et de regards méfiants. On se venge comme on peut, en se moquant de ces ploucs autant que possible. Vive l'humour noir !

Je pourrais vous détailler les joies de ce job : la blouse de travail vichy, l'odeur de viande grillée incrustée dans mes cheveux, sans parler de l'odieuse mission consistant à chronométrer les malades qui tentent d'avaler le Goret Sandwich (quatre kilos de porc effilé) en moins de dix minutes, afin de gagner un tee-shirt et de voir leur photo punaisée sur le tableau d'honneur du Groin.

Mais tant que Pash et moi avons les mêmes horaires, le temps passe plus vite. Pour nous amuser, nous nous rebellons systématiquement contre la réglementation du restaurant. Heureusement, notre superviseur, Dwayne Johnston dit « Le Moineau », est complètement dingue de nous. Ce qui n'a rien de flatteur, croyez-moi. Le Moineau est un jeune geek pur jus et pas du genre sophistiqué. Même si, depuis qu'on l'a promu responsable, il a pris la grosse tête.

Comme aujourd'hui, où Pash et moi exploitons une technique de survie en prenant des photos génialement comiques. On les affiche au tableau d'honneur du Groin, au milieu des portraits jaunissants de touristes obèses brandissant leurs assiettes vides. Le Moineau se précipite vers nous en agitant ses petits bras maigrichons.

– On peut savoir ce que vous faites ? nous lance-t-il d'une voix qui se veut autoritaire. (On le soupçonne de répéter dans l'arrière-cuisine.)

– On crée de l'art, réplique Pash en désignant un cliché Polaroid où j'observe d'un air pénétré une énorme cuve de sauce barbecue. Ça s'appelle « Jeune fille envisageant d'en finir dans la Sauce secrète ».

– Une œuvre majeure, Moineau, j'ajoute.

Il a bien essayé de nous obliger à la retirer, mais, quand on l'a traité de vendu à la cause patronale, il a finalement accepté de laisser la photo en place pendant une semaine.

– Et puis, décrète-t-il, j'aimerais que vous m'appeliez Dwayne, maintenant que je suis votre responsable. C'est plus convenable.

– Non, a répliqué Pash. Moineau, c'est beaucoup plus sexy.

– Ça te confère une certaine… aura, ai-je conclu avant de m'éloigner.

Et ainsi, Le Moineau est resté Le Moineau. C'est vraiment la seule chose qu'il ait pour lui, pas question qu'il la gâche. Voilà le genre de petites satisfactions qui rendent le BSAQNPPSN tolérable. Ça et notre générique de fin, par Pash Amini et Bliss Cavendar.

D'abord, Pash tire une tête pas possible. Soudain, un sourire éclaire son visage et elle se met à chanter. C'est notre jeu : on imagine que notre job n'est qu'une mauvaise comédie musicale. On change les textes des standards de Broadway. On les Pashifie, quoi.

Aujourd'hui, c'est au tour d'*Over the Rainbow*, revisité à la sauce punk. Et Pash s'en donne à cœur joie.

On esquisse ensuite d'horribles pas de danse (exclusifs, jamais vus sur MTV) avant de se lancer dans un final du tonnerre, avec paroles interdites aux moins de douze ans.

Pash, qui m'arrive à l'épaule, me renverse en arrière et nous nous écroulons, comme un château de cartes, hilares. J'ignore si je transcris bien l'intensité de ce grand moment, mais il faut me croire, on pourrait partir en tournée tout de suite. C'est peut-être l'odeur de la viande fumée qui nous monte à la tête.

Après avoir fermé le restaurant et souhaité bonne nuit au Moineau, je jette un regard à Miss Bleuet, de l'autre côté de la rue.

– Si ces affiches croisent encore une fois mon chemin, cette ville goûtera à ma fureur.

– Oh vraiment ? demande Pash, avec un sourcil levé et d'un air démoniaque. Serait-on d'humeur… criminelle ?

De ma voix la plus suave, je lui réponds en battant des cils :

– Oh, Miss Amini, j'attendais que vous me le proposiez !

Je lui prends le bras, tandis que nous nous dirigeons vers le centre-ville, histoire de nous encanailler un peu. Wouh-ouh !

Impro au supermarché

Soyons clairs : je ne suis pas vraiment cleptomane. Disons que mon activité criminelle n'est ni plus ni moins qu'une forme de passe-temps. Comme de s'entraîner pour être pom-pom girl, ou de préparer son bal de promo. Et vu la façon dont les supermarchés Wal-Mart traitent leurs employés, ça n'est que justice. Et pas seulement parce qu'ils ont refusé de m'embaucher (apparemment ma « garde-robe » leur posait un problème). Après tout, qui voudrait travailler chez Wal-Mart ? On perd son âme en enfilant leur tablier en polyester.

Les portes automatiques s'ouvrent et la climatisation glaciale nous accueille. Nous arpentons les allées à la recherche de cibles potentielles.

J'attrape le dernier album d'un chanteur de country grassouillet et l'agite sous le nez de Pash avec un clin d'œil suggestif.

– Ton amoureux te dit bonjour.

– La country nuit gravement à votre santé et à celle de votre entourage, déclare Pash en m'arrachant le CD des mains, avant de l'enfouir sous une pile de disques des White Stripes.

Nous nous approchons du rayon des sous-vêtements, piquant un fou rire devant les slips XXXL de mamies (oui, c'est immature, mais si, c'est drôle quand même).

– Imagine un peu le nombre d'élastiques qu'il a fallu exterminer pour faire ces culottes, soupire Pash.

Nous poursuivons notre chemin, bien décidées à ne pas laisser les dessous pour seniors nous plomber le moral, et nous nous glissons dans une cabine d'essayage en désordre pour exhiber nos sélections respectives.

– Toi d'abord, insiste Pash.

Je lui tends un soutien-gorge rouge avec de la dentelle dorée, vulgaire au possible, à sa taille.

– Tu m'en veux, on dirait, s'écrie-t-elle avant de me montrer un push-up à imprimé léopard rose.

– Toi aussi, apparemment.

On essaie nos soutiens-gorge en éclatant de rire et je regarde le résultat. Le monde est cruel. Même avec ce soutif hideux, sa poitrine est absolument parfaite.

– C'est vraiment injuste. J'ai pris le plus laid que j'aie trouvé et pourtant, sur toi, ça rend bien.

– Ouais… J'échange mes seins contre ton ventre plat quand tu veux, réplique-t-elle, ce qui me console un peu de ma petite poitrine.

Et quelque part, ce soutien-gorge léopard a un certain style. Un peu rétro, pin-up façon Marilyn Monroe. Or, je ne suis ni Marilyn, ni une pin-up. Mais au cas où l'incroyable métamorphose se produirait, il est bon de savoir que j'ai le modèle adéquat.

Nous effectuons deux fois le tour du magasin d'un air détaché, nos larcins douteux toujours sous le tee-shirt.

Soudain, Pash pointe du doigt un globe noir dissimulant une caméra, au rayon des armes à feu. « Sports et loisirs », ils appellent ça. Si se servir d'une arme est un sport, alors voler un sous-vêtement l'est aussi ! J'ai la ferme intention de faire pression sur le comité olympique pour que la discipline soit officiellement reconnue. Ensuite je chercherai des sponsors. Médaille d'or de chapardage de soutifs, me voilà !

– On parie combien qu'elle ne fonctionne pas ? demande Pash.

Oubliant qu'elle est capable de tout, je la provoque :

– Fais-leur un strip-tease, on verra bien.

Le problème, c'est que lorsque Pash se lance je suis obligée de suivre. Une sorte de code implicite entre nous. Aussitôt, elle soulève son tee-shirt, prend une pose hystérique et je bondis pour le rabaisser, tel un parent horrifié de voir sa progéniture s'exhiber dans la cour de récré.

– On y va, dis-je en l'attrapant par le bras.

– Quand tu veux ! Mais avant, fais coucou à la caméra, ajoute-t-elle, avec un regard appuyé.

Elle me signifie par là que nous partageons les risques et leurs conséquences. Rapide comme l'éclair, je relève brièvement mon tee-shirt, pressée de déguerpir. À la sortie, nous saluons la pauvre vieille dame de quatre-vingts ans qu'ils emploient pour actionner les portes (apparemment, elle a le droit d'avoir les cheveux bleus, elle).

Nous traversons le parking, hors de danger. Ces crétins de chez Wal-Mart n'y ont vu que du feu.

Le shopping pour les nuls

J'ignore quel saint remercier ou quel dieu honorer, mais un petit miracle vient de se produire au beau milieu de ma chambre. Brooke a frappé à la porte (un exploit en soi) et, une fois invitée à entrer, m'a proposé de m'accompagner jusqu'à Austin pour y faire mes emplettes de rentrée. À Austin ! (Les anges se mettent à chanter, un rayon de lumière déchire les nuages et je gambade dans un champ de pâquerettes.)

Laissez-moi vous expliquer : comparé à Bodeen, Austin, c'est New York. S'il se passe quelque chose de cool au Texas, c'est forcément à Austin. Cette ville possède ce que Bodeen n'aura jamais. On appelle ça la « civilisation » : cinés d'art et d'essai, magasins dans lesquels on n'a pas honte d'être vus, et vraies salles de concert. Rien à voir avec le Ricky's Roadhouse, ce bouge où tous les ploucs se donnent rendez-vous pour danser en ligne. Je parle d'endroits où l'on peut applaudir des groupes indé ou punk tous les soirs. S'il fallait définir Austin, on dirait que cette ville est au Texas ce que la hype est à New York.

La ville n'est qu'à une heure de route d'ici, mais, comme ils disent dans le coin, « c'est plus l'même monde ». Et puisque je n'ai pas encore de voiture (même si Pash et moi y travaillons sérieusement), le carrosse de Brooke est mon unique chance d'échapper à ce bled maudit. Autant vous dire qu'elle ne me l'a pas répété deux fois.

Mon enthousiasme me pousse même à ignorer les signes indiquant que cette soudaine bouffée d'amour maternel sent l'arnaque.

Signe n° 1 : Pash n'est pas invitée. Généralement, en sa présence, Brooke se comporte correctement. Je me retrouve donc seule, sans meilleure amie pour faire tampon.

Signe n° 2 : Contrairement à ce qui avait été annoncé dans l'argumentaire de vente, ma mère insiste soudain pour que Pucinette nous accompagne, afin de compléter sa garde-robe (déjà deux fois plus fournie que la mienne). Ce qui implique un arrêt au Disney Store, or ma religion me l'interdit.

Signe n° 3 : Brooke semble indifférente à ma recherche méticuleuse sur Internet pour trouver les meilleures boutiques de la ville, soit autour de la fac, épicentre de tout ce qui est cool.

Mais rien de tout cela n'entame mon enthousiasme. Durant le trajet, je joue les petites filles modèles. Je ne cille même pas lorsqu'elle balance mon album de Hot Hot Heat sur la banquette arrière pour faire un karaoké sur Céline Dion avec Pucinette. Mon numéro est tellement convaincant que j'en viens à m'interroger sur mes talents d'actrice. J'imagine déjà remporter un oscar et faire un speech si bouleversant qu'il inspirera des filles rebelles du monde entier. Je suis une petite révolution à moi toute seule.

Mais après deux heures dans un centre commercial miteux, ma façade de vertu commence à s'effriter. Pour que Brooke paie mes vêtements, elle doit d'abord les approuver, ce qui demande beaucoup de diplomatie. Elle déteste tout ce qui me plaît et je déteste tout ce qui lui plaît. Aucune négociation possible.

Pourquoi n'ai-je pas des parents normaux ? Du genre ceux qui tendent sans ciller leur carte bancaire à leur progéniture sans chercher à comprendre ? Il faut que je découvre la formule magique.

Plus je m'obstine et plus Brooke insiste : du rose, du rose et encore du rose. Elle en arrive même à me proposer un jean fuchsia à franges en daim en s'étonnant que ça ne me plaise pas. Au petit musée des horreurs, section jeans les plus moches de la Terre, celui-ci serait la pièce maîtresse. Et elle veut que je lui explique ce qui cloche.

– Euh… tout ?

– Eh bien, c'est ton avis, réplique-t-elle, vexée. Moi je le trouve adorable. Il serait parfait pour le numéro de cow-girl de Shania. Je vais le prendre et m'en inspirer pour son costume.

Oh, pardon. J'avais mal saisi le but de cette journée. J'avais cru entendre parler d'un « shopping de rentrée pour Bliss », mais apparemment, je me retrouve au beau milieu d'une séance de prospection pour les concours de Shania. Personne ne m'a prévenue.

On se dirige ensuite chez Gap (Pash et moi trouvons leur idée de la classe un peu trop plate), où je peux au moins trouver quelques tee-shirts basiques à découper et à customiser. J'attrape tout et n'importe quoi, patiente gentiment dans la queue, et m'isole dans une cabine, le temps de souffler cinq minutes.

J'entends d'ici ma mère arpenter les allées, piaillant avec je ne sais trop qui au sujet de « la difficulté » d'habiller les ados. Quelle vieille peau ! Pourquoi une quadragénaire qui se sert dans des merceries ringardes devrait-elle me donner des conseils de mode ?

Dans la glace, je remarque un énorme bouton au beau milieu de mon front. On dirait le début d'une corne. Charmant. Voilà qu'en plus du reste, je me transforme en licorne. Je me mords la lèvre pour ne pas pleurer.

Sur le parking, je me décide à piquer une crise.

– Est-ce que je ne pourrais pas, une fois dans ma vie, entrer dans un magasin qui ne soit pas un centre commercial ? Un magasin où je pourrais enfin trouver quelque chose qui me plaise ? Tu m'avais parlé d'une journée à Austin. Ça n'est pas Austin, ça, c'est une zone industrielle.

Brooke met un long moment à répondre, comme si elle éprouvait des difficultés à comprendre ce que je veux dire : pourquoi s'embêter à sortir d'un centre commercial ?

– Très bien, Bliss, dit-elle enfin. C'est quoi, pour toi, Austin ?

– Eh ben, du côté de la fac ? Là où les magasins ne sont pas des chaînes. C'est à moins de dix minutes d'ici !

Elle me sert un soupir de martyr, comme si je lui demandais l'impossible, ou de m'y emmener sur son dos.

– Bon, concède-t-elle. Un magasin, c'est tout.

Je pousse un cri de joie :

– Excellent ! Essayons Atomic City. Ils ont des chaussures géniales ! lui dis-je, bien consciente qu'elle ne supporte plus de me voir dans mes Converse défoncées, dont j'ai caché les trous avec du Scotch argenté (un détail *fashion destroy* ou je ne m'y connais pas !).

Atomic City, c'est une caverne d'Ali Baba nichée dans un vieil immeuble. Le fournisseur officiel des punks, rockers rétro, goths, hippies, raveurs, mods et autres laissés-pour-compte qui ne se reconnaissent pas dans la culture *mainstream*. Je bondis de joie en croisant les teintures de cheveux les plus folles, les tee-shirts aux couleurs de mangas, le présentoir de lunettes de soleil qui transcendent la tendance, les robes de pin-up, et déniche enfin l'objet de ma convoitise : les chaussures John Fluevog. La boutique a davantage de choix que celle du site Internet.

J'essaie différentes paires et demande l'avis d'un trio de charmants garçons qui font aussi leur shopping. Ils ont la vingtaine et Brooke ne me lâche pas d'une semelle. Je m'efforce de rester discrète. Mais croyez-moi, je fonds déjà à l'intérieur. Et pas qu'un peu. J'oublie même quelques instants mon bouton de licorne. C'est l'effet Austin.

Je me décide finalement pour des escarpins à larges talons d'un violet éclatant, avec des brides turquoise. Cool, confortables, et valant largement les cent soixante-quinze dollars qu'affiche l'étiquette (mon budget entier de rentrée, plus quelques économies de baby-sitting). Même pour l'œil le moins aguerri, elles transpirent l'originalité.

Brooke semble soulagée de m'acheter quelque chose qui me plaise enfin. Elle s'apprête à faire chauffer la CB quand un reflet à l'autre bout du magasin attire son regard : une étagère remplie d'objets en verre coloré, illuminés par le soleil de l'après-midi.

– Oooh, que c'est ravissant, s'exclame-t-elle un peu trop bruyamment avant de soudain réaliser ce dont il s'agit. Une collection de chichas.

Brooke blêmit, tandis qu'autour d'elle les clients pouffent discrètement. Mortifiée, Brooke se ravise aussi sec.

– Bliss, dit-elle d'un ton si pieux que je vois presque un halo se dessiner au-dessus de sa tête, je serais une mère indigne si je laissais ma fille faire ses achats dans un endroit pareil.

Je tente de naviguer au mieux dans les eaux troubles de ses sautes d'humeur.

– Maman, ce sont les chaussures qui m'intéressent, pas la chicha.

– Ça commence par les chaussures, et le reste vient ensuite.

– C'est ça, les chaussures poussent au vice, c'est bien connu.

– Très drôle, Bliss, maugrée-t-elle. Apparemment, tu cautionnes le trafic de drogue.

– Bien sûr, Maman. Tu as déjà vu la tête des livreurs qui travaillent pour Papa ? Ils respirent la défonce. Papa cautionne-t-il le trafic de drogue ?

Ma mère plaque ses mains sur les oreilles de ma petite sœur.

– Tu dépasses les bornes !

Je dépasse les bornes ? Et qui est bornée ? C'est cette après-midi de shopping qui dépasse complètement les bornes. Brooke n'aurait pas osé me faire un coup pareil en présence de Pash. Elle aurait été bien trop occupée à jouer les mères parfaites.

– Je t'en supplie, Maman. Oublie ça !

– Tu sais quoi ? Tu vas demander à ton père. S'il est d'accord, les chaussures sont à toi, s'exclame-t-elle en dégainant son portable à strass.

Tout le magasin suit notre petite comédie dramatique et prend silencieusement parti pour moi. J'aimerais pouvoir leur dire de ne pas trop y croire.

Brooke appelle Earl, et se lance dans une propagande verbeuse pour mieux l'influencer. Du Brooke tout craché.

– Coucou chéri, c'est moi. Voudrais-tu expliquer à ton adolescente de fille pourquoi il est inapproprié pour de bons chrétiens tels que nous d'acheter une paire de chaussures à cent soixante-quinze dollars dans une boutique qui soutient le commerce de la drogue ? roucoule-t-elle d'un ton qui sous-entend : « Si tu n'es pas avec moi, tu es contre moi. »

Or, Earl n'ira jamais contre Brooke. Jamais. Elle me tend le téléphone et me susurre « bonne chance ».

– Papa, ça n'est pas du tout le…

– Dites donc jeune fille, on peut savoir ce que tu comptes faire avec des chaussures à cent soixante-quinze dollars ? coupe-t-il.

– J'en paie une partie et le problème n'est pas là !

– Pour moi il l'est, dit-il en soupirant. Écoute chérie, je n'ai pas le temps de jouer les arbitres. J'ai une famille de Mexicains sur le point de m'acheter un salon complet. Tu sais qu'ils paient tous en cash. Je dois conclure cette vente, alors, quoi que ta mère décide, je suis d'accord.

Il raccroche, et d'un seul coup toute cette journée se change en marathon de la déception.

Durant le trajet du retour, je refuse de m'asseoir à côté de ma tortionnaire. Je broie du noir sur la banquette arrière, imaginant des scénarios de suicide pour lui briser le cœur. Je visualise mon enterrement : le cercueil, la musique, les fleurs (des lys blancs, évidemment) et je réalise soudain que si je meurs, j'exaucerai enfin le vœu de ma mère : elle pourra m'habiller. Et cette idée me rend si furieuse que je décide de rester en vie, coûte que coûte.

Je tiens toujours à la main les prospectus glanés chez Atomic City : des pubs pour des concerts auxquels je n'assisterai jamais. Au moins, j'ai de quoi décorer ma chambre.

Un prospectus vert pomme attire mon attention : on y voit une fille canon, avec des patins à roulettes des années 70, des collants résille et une minijupe déchirée (une revendication vestimentaire à laquelle j'adhère totalement).

Ce n'est pas une pub pour un groupe, mais pour une fédération de roller derby.

De la sueur, des larmes et du sang !

Si vous pensez avoir tout vu, venez applaudir des filles qui en ont sous la jupe !

LES LONE STAR DERBY GIRLS

Du roller derby féminin version punk rock

LES ROULETTES RUSSES contre LES FILLES DE L'AIR

Concert à la mi-temps : LES RAMONEURS
Pom-pom girls, s'abstenir !

Même si, au fond, j'ignore ce qu'est le roller derby, quelque chose en moi fait « tilt » : je dois voir ça.

Je jette un coup d'œil à l'avant, où ma mère continue de chanter en chœur avec son abominable CD, se rapprochant de Bodeen et m'éloignant toujours un peu plus de ma Terre promise.

Et intérieurement, je lui crie : « Allez vous faire voir, toi et ta soupe Célinedionesque. Bientôt, je sortirai sans te demander ton avis. Dorénavant, j'irai à Austin quand ça me chantera. Arrête-moi si tu peux ! »

L'enfer sur roulettes

C'est un petit pas pour l'homme, mais une avancée majeure dans notre quête de liberté : les parents de Pash lui ont offert une voiture pour la rentrée (preuve qu'ils sont mille fois plus géniaux que les miens).

Avec la Pashmobile, fini le car scolaire de malheur et ses passagers infernaux : les secondes qui pensent que le génie comique réside dans les bruits de pets, les sosies de Corbi et leur eau de toilette infâme, les ploucs qui composent un mélange de gangsta-rap et de country texane (un crime contre l'humanité en soi) et Mortimor, notre chauffeur émérite, avec ses chaussettes synthétiques dépareillées et son Sonotone estampillé Sécu. Je peux enfin leur dire adieu !

Ce bus était une véritable Cour des Miracles. N'imaginez pas une population délicieusement bigarrée. Mais de vrais barjots. Oui, nous sommes tous des créatures du bon Dieu, mais un regard aux usagers de ce bus et vous remarquerez que beaucoup sont pour le moins curieuses. Je m'inclus dans le lot.

Mais ne parlons plus du passé. Aujourd'hui, c'est le premier jour de classe et de ma vie sans bus. J'entends les pneus de la voiture de Pash crisser devant ma fenêtre vers 8 h 02. L'autoradio hurle si fort que le klaxon est superflu, mais Pash refuse de s'en priver. À son signal, je me glisse hors de ma chambre et traverse notre pauvre salon sur la pointe des pieds.

J'attrape mon sac à dos, j'embrasse Pucinette au passage et m'apprête à tourner la poignée de la porte d'entrée, quand la voix de mon ennemie jurée me parvient depuis la cuisine.

– Bliiiss ! Et ton petit déjeuner ?

Je me retourne et aperçois Brooke dans l'un de ses grands moments maternels. Elle tient à la main une assiette fumante, rêve américain du breakfast : œufs, bacon, saucisses, galette de pommes de terre et toast.

Ça serait presque touchant. Mais voilà onze ans que je ne mange plus d'œuf et deux que je suis végétarienne. Brooke le sait pertinemment. Je l'en ai avertie par dossier de presse et le lui rappelle régulièrement via notes de service parentales. Elle refuse d'imprimer.

Et la voilà, toutes perles dehors, à me proposer des restes d'animaux alors que je viens de me lever. Miam. Rien qu'à l'odeur, je me retiens de vomir sur son tablier de ménagère parfaite (c'est tentant). À son regard d'illuminée, je comprends que le ciel va nous tomber sur la tête si je sors sans y toucher. Je ressens soudain un mélange de pitié et de culpabilité. Alors, plutôt que de lever les yeux au ciel, de lui servir mon couplet habituel sur son manque de respect pour mes convictions et de me carapater en douce, j'opte pour une tactique différente : la lèche-cul.

– Ouh là là, Maman, t'es la plus géniale ! Ça sent divinement bon !

– Vraiment ? Tu trouves ? insiste-t-elle, devant l'évidence.

– Bien sûr ! Mais tu penses que tu pourrais m'emballer tout ça ? Il faut que j'arrive tôt au lycée pour voir Mme Luntz, au sujet de l'équipe de pom-pom girls. Ils vont remplacer Jerri Lynn Templeton et je veux tenter ma chance.

– Ils remplacent Jerri Lynn Templeton ? s'exclame-t-elle avec un peu trop d'enthousiasme. Oh, j'ai tant prié pour ça !

Il ne faut pas plus de vingt secondes à ma mère pour transformer le contenu de l'assiette en sandwich, l'envelopper dans une petite serviette avant de me le tendre en me poussant vers la porte.

– Ma fille, tu vas devenir une pom-pom girl !

– Merci, Maman !

Je détale avant que Brooke ait pu détecter l'ironie et Pash m'accueille en montant le son des Ramones (Joey, on t'aime encore !).

Rien que de l'entendre psalmodier son « *rock, rock, rock'n'roll highschool* », je me sens déjà mieux. Pash écrase l'accélérateur et nous laissons mes ex-compagnons de galère à l'arrêt de bus. Ciao, losers !

À proximité du lycée, on s'arrête pour faire don de mon sandwich à un élève de seconde qui semble sous-alimenté.

– Tu nous fais ta girl scout de service ? demande Pash en appliquant son sacro-saint eye-liner face au rétroviseur.

– Non, mais puisque je prends de gros risques, autant gagner quelques points de karma.

– Quel genre de risques ?

Je m'éclaircis la gorge pour mieux renforcer le sous-entendu.

– Ah ouiiii, le roller derby ! C'est ce week-end, non ? Voyons, ça n'est que la vingtième fois que tu en parles, mais…

Pas faux. Je milite pour la cause, et ce, sept jours sur sept. J'ai placardé des Post-it partout dans sa chambre, jusque dans sa boîte de tampons. Elle a joué les offusquées, mais je sais que secrètement elle approuve l'effort créatif.

– Allez, je gémis. Dis oui, s'il te plaît. Considère que c'est mon cadeau d'anniversaire.

– Ton anniversaire est dans six mois. Si je te fais un cadeau maintenant, tu n'y penseras plus et tu m'accuseras plus tard d'être une mauvaise copine.

– Mais non ! Si tu m'aides à y aller, tu seras la meilleure amie du monde entier. Et c'est un compliment venant d'une copine aussi géniale que moi. Ah… et t'ai-je expliqué qu'on risquait de voir du joli garçon ?

– Bliss, c'est un argument déloyal.

– Juste une info.

– Franchement, j'en suis arrivée au point où je ne suis même plus sûre de reconnaître un beau gosse. Tu te rends compte que dans mon dernier rêve, j'envisageai Ryan Seacrest ?

– Beurk ! Quelle horreur !

– Je sais. Je m'endormais en échafaudant un scénario avec mon homme idéal, Connor Oberst, mais tout s'est mélangé et je me suis retrouvée dans les bras de Ryan.

– Épargne-moi les détails, tu veux ?

– Désolée, mais je…

– Je suis écœurée pour le reste de la journée, lui dis-je, avec une grimace.

– Clairement, je ne sais plus ce que je fais.

– Clairement. Voilà pourquoi il te faut une cure de vrais mecs pour retrouver tes repères.

– Tu m'utilises pour ma voiture ! s'exclame-t-elle, faussement choquée.

– Ta voiture, tes vêtements, tes CD, tout ce qui pourra me servir. Allez, Pash… Mon plan B c'est de poster des photos suggestives de moi sur Internet, en espérant qu'un repris de justice accepte de me conduire jusqu'à Austin.

– Non, Bliss, jamais je ne te laisserai faire ça !

– Alors, c'est oui ?

– J'y réfléchis. Mais tu dois d'abord nous trouver un plan.

– J'y travaille !

Rock, rock, rock, rock, rock'n'roll highschool !

Nul un jour, nul toujours

J'ai beau avoir les pieds sur Terre, un enthousiasme vain s'empare toujours de moi les jours de rentrée. En primaire, j'aimais étrenner ma nouvelle pochette de crayons de couleurs, ou ma boîte à goûter. Au lycée, c'est le copain idéal qu'on imagine trouver en la personne d'un élève étranger, ou d'un jeune prof canon muté au fin fond de notre cambrousse (le malheur des uns fait le bonheur des autres).

Dès la troisième heure de cours, il devient évident que Bodeen n'a attiré ni l'un ni l'autre. Oui les amis, cette nouvelle classe est aussi nulle que la précédente et, croyez-moi si vous voulez, il semble que mes chers camarades aient gagné en médiocrité durant l'été.

Exemple : Lisa Catchum, ma voisine de casier. Personnellement, je n'ai rien contre Lisa. Mais il se trouve que ses choix vestimentaires bafouent mes libertés individuelles. Voyez-vous, Lisa est une accro aux jeans à la Britney Spears, et chaque fois qu'elle se penche pour ramasser ses livres, la vue trop plongeante sur son string (à sequins dorés, s'il vous plaît) m'agresse. La matière dudit sous-vêtement laisse suspecter que cette exhibition de postérieur n'a rien d'un accident.

Et certains jours, j'ai peine à accéder à mon casier, dont l'accès est bloqué par une montagne de mecs qui n'en loupent pas une miette. Et Lisa leur en donne pour leur argent. Aussi précis qu'un coucou suisse, notre string doré vient sonner les heures.

– C'est le jour de la marmotte, ou quoi ? fulmine Pash. La sonnerie ne retentira pas tant qu'on n'aura pas vu le string de Lisa ?

– Apparemment, dis-je en me frayant un chemin à travers une masse de garçons gonflés aux hormones.

Cette agression constante de nos sens nous devient si insupportable que Pash et moi n'avons d'autre choix que de passer l'heure du déjeuner à concocter une lettre, qui réglera une fois pour toute le problème du popotin de Lisa.

Chère Lisa,

Il a été porté à notre connaissance l'exposition publique de votre postérieur à chaque passage devant votre casier. Que cette exhibition soit inconsciente, motivée par une recherche de courant d'air, ou par un désir de faire carrière dans l'industrie pornographique, elle doit cesser.

Vos camarades se trouvent forcés d'apercevoir vos dessous discutables, et cette distraction n'a rien de plaisant. S'il est possible que vous preniez du plaisir à dévoiler votre string au reste du monde, le reste du monde n'a pas forcément envie de le voir.

Aussi nous vous prions instamment, Lisa, de rentrer le sparadrap qui vous sert de culotte et les fesses qu'il ne dissimule pas dans votre jean trop serré, et de nous épargner la nausée qu'ils nous inspirent.

Bien à vous,

La ligue de défense des strings maltraités

Salaud ? Un peu. Mais la fin justifie les moyens et comparé aux deux premières versions qui nous ont valu de pleurer de rire sur nos frites déjà molles, c'est gentillet.

Et lorsque enfin, à la cinquième heure de cours, Lisa ajuste sa veste autour de sa taille pour bien dissimuler ses fesses, je crie victoire. Je peux enfin regagner mon casier en paix.

Cow-boy Yoda

Entre vous, moi et Pash, il existe une petite perle dans cette école douteuse de Bodeen.

Cette perle, c'est notre prof de sciences économiques, M. Smiley. Que dire de cette crème d'homme ? Que c'est le sosie de Yoda ? Qu'il culmine à un mètre cinquante-cinq dans ses santiags à talons et qu'il a la collection de panoplies de cow-boy la plus impressionnante de tout l'Ouest américain ? Et quand je dis cow-boy, je ne vous parle pas des John Wayne de supermarché. Je vous parle de ces splendides costumes en polyester qu'ils ont arrêté de fabriquer dans les années 70, aux teintes pastel qu'on ne voit plus que sur les emballages de désodorisant. Pêche, citron, lavande, verveine. M. Smiley les a toutes, et plus encore. Il a dû dévaliser les magasins d'usine avant qu'ils ferment.

En temps normal, de tels goûts vestimentaires dans une arène pleine d'ados féroces se termineraient en pugilat (cf. Mme Gomez et ses créoles vertigineuses). Mais M. Smiley s'en sort avec brio.

Il vous fait comprendre qui est le plus fort, et qu'importe si c'est un vieux croûton, ou s'il est membre honoraire du fan-club des couleurs pastel. Pas même le plus dur des durs n'ose se mesurer à Monsieur S.

Et si son sens inné de la mode ne suffit pas à vous convaincre de sa supériorité, il y a toujours son maniement légendaire du surnom. Monsieur S. a un petit sobriquet pour chacun de ses élèves : Brillantine, Pégase, Black Jack, Pimprenelle, Indiana Jones, Briochette…

Il arpente les couloirs en dispersant les badauds :

– Ça va sonner, on lève le camp, Coraline, aboie-t-il avec un accent texan exagéré. Toi aussi, Corn Flakes. Et emmène Hula-Hoop et Max la menace avec toi. Dis donc, Wanda Sue, c'est à toi que je parle… Allez, Monsieur Loyal, la récré est terminée. Chipster, ça te concerne aussi.

Au cours de mes brefs échanges avec M. Smiley, j'ai eu droit à Betty Rebelle, Pétard mouillé, Trublion, Bohemian Rhapsody et Cigarette russe.

Il ne donne jamais deux fois le même surnom. Jamais. Et je suis convaincue que lorsque M. Smiley quittera enfin sa salle de cours pour enseigner au paradis, ça ne sera pas suite à une crise cardiaque mais parce qu'il sera enfin à court de surnoms.

Il assume sa bizarrerie avec une telle pureté que j'en pleurerais presque de joie. Je vénère ce type et c'est pourquoi je lui dédie mon choix vestimentaire de rentrée : un tee-shirt customisé, où j'ai ajouté en lettres de velours thermocollantes : M. SMILEY EST MON DIEU.

J'entre dans la classe et notre Cow-boy Yoda zieute mon haut d'un air sceptique. Pour lui faire comprendre que je suis sincère, je lui offre mon plus beau sourire (celui que je réserve à Pash et à mon futur amoureux). M. Smiley s'enthousiasme. Il en remue presque ses oreilles pointues

– Eh bien, Mirabelle, il était grand temps qu'on me crée un fan-club.

– Sans aucun doute, je réponds.

Il me tape dans la main, sous le regard médusé de mes chers camarades incapables de décider si c'est cool ou non (évidemment, ça l'est).

Vendredi soir, 20 h 23. Pash et moi approchons des cent soixante-dix kilomètres-heure, histoire d'être à Austin à temps pour notre baptême de feu du roller derby.

On a préalablement baratiné ses parents, expliquant qu'on ne pouvait décemment pas, en bonnes fans de football américain, manquer le match opposant l'équipe du lycée de Bodeen à celle de Killean, à plus de deux heures d'ici. Rien n'étant plus important aux yeux de M. et Mme Amini que d'avoir une « adolescente américaine normale », ils ont accepté de repousser le couvre-feu jusqu'à une heure du matin. Ce qui nous laisse tout juste assez de temps pour tremper un orteil dans la source du bonheur. Évidemment, il est convenu que je reste dormir chez Pash, ce qui nous débarrasse du problème Brooke. En piste !

Dans la voiture, je suis tellement excitée que je change de vêtements toutes les cinq minutes. Je finis par opter pour ma tenue fétiche : une mini minirobe, fabriquée à partir d'un tee-shirt vintage et maintenue en place par une myriade d'épingles de nourrice stratégiquement positionnées. Je l'assortis à des collants opaques pour minimiser le côté mauvais genre de la robe trop courte. Habituellement, j'adore la porter, mais ce soir, je ne la sens pas. Ma grande histoire avec ma robe préférée touche à sa fin.

– Je ne supporte plus ces fringues, je maugrée, remuant mon tas de nippes de secours sur la banquette arrière.

Pash m'interrompt d'une tape de la main et hurle par-dessus la compilation spéciale « Road Trip à Austin » que j'ai concoctée pour l'occasion :

– Assez d'essayages ! Tu es canon dans cette robe. Alors arrête ton numéro de sainte-nitouche complexée et tiens-toi tranquille. Tu ne voudrais quand même pas que je détruise la Pashmobile ?

– Tu ne trouves pas qu'il y a trop d'épingles de nourrice ?

– Il n'y a jamais trop d'épingles de nourrice. Et puis d'ailleurs, ajoute-t-elle d'un air nettement moins assuré, c'est plutôt moi la catastrophe ambulante.

Pash lève sa masse de cheveux fraîchement teints d'un beau rouge vif, révélant les résidus de produit qui lui dessinent un collier flamboyant sur la nuque.

– Je t'avais prévenue : pas de coloration en solo. Trop dangereux pour les débutants.

– Je sais. Mais je m'ennuyais à mourir et mes devoirs de français me rendaient dingue. C'était ça ou engloutir la moitié d'un gâteau au chocolat. J'ai préféré la teinture.

– Eh ben voilà ce qui arrive quand on travaille trop : on fait des bêtises et on est privé de dessert.

Pash hausse les épaules et se concentre sur la route.

J'ajoute :

– Et puis d'ailleurs, tes cheveux sont fabuleux, comme ça. Il te suffit de les lâcher et personne ne verra rien.

– Tu crois ?

– Je crois.

– Mais si je flirte avec un type et que…

– Si tu flirtes avec un type ? Ça alors, aurait-on de grands projets pour ce soir ?

– Toujours prête.

– Eh bien tu n'auras qu'à lui dire que c'est un tatouage. Une amibe géante.

Pash éclate de rire et monte le son. Une fille selon mon cœur.

Nos semblables

Lorsqu'on arrive enfin à Austin, on se perd en cherchant la zone industrielle (merci Internet pour tes indications bidon) et on est à deux doigts de manquer notre soirée. Nous sommes les deux dernières à entrer avant que la salle affiche complet. Un coup d'œil suffit à me persuader que j'ai bien fait d'insister lourdement pour venir. À Bodeen, le mieux qu'on puisse tirer d'un vendredi soir, c'est une armada d'ados débiles qui paradent sur le drive-in dans leur 4 x 4 offert par Papa-Maman. À Austin, la vraie vie nous tend les bras : les lycéens altermondialistes se mêlent aux étudiants cool. Il faut comprendre que dans un État de misère intellectuelle, un rassemblement d'une centaine de personnes de ce genre, c'est plus qu'une bonne soirée : c'est un miracle. Ai-je même le droit de me trouver dans un lieu qui respire l'alternatif ? Sûr, il va se passer quelque chose. Le bureau de régulation du bon temps va appeler Brooke et mettre un terme à cette débauche de bonheur. Ouf, on a frisé la nuit de folie. Maintenant, on repart à Ploucville.

Heureusement pour Pash, mes délires paranoïaques ne sont pas contagieux. Elle renverse la tête en arrière, écarte les bras et déclare avec emphase :

– Voilà nos semblables.

– Exactement.

Mais je pose alors les yeux sur un intrus peu amène qui descend sa bière sans aucune classe.

– Sauf lui, j'ajoute aussitôt. Lui n'en fait pas partie.

– Ouh, beurk, non pas lui. Mais tout le monde sauf lui.

L'intrus mis à part, on peut dire que le roller derby attire une population masculine appétissante qui s'étend à perte de vue (et il y a de quoi en perdre la vue).

En attendant l'arrivée sur roulettes de nos Derby Girls, Pash et moi nous lançons dans un processus appliqué de Repérage Intensif de Beaux Gosses. (RIBG).

– Bon, souffle Pash. Et lui, là, le grand avec ses lunettes rétro à la Buddy Holly ?

– Pas mal. Mais vise un peu là-bas, celui avec la clope derrière l'oreille.

Je me déplace discrètement vers la droite.

– Miam. Rien qu'à le regarder, j'ai envie de fumer, soupire Pash.

– Clairement.

– Viens, allons lui taxer une cigarette, déclare-t-elle en me prenant par le bras et en m'entraînant dans sa direction.

– Ça va pas la tête ? dis-je en tirant le frein à main.

– Alors, ça porte des minirobes ultra-sexy, mais c'est trop timide pour aborder un garçon ? Quelle poule mouillée !

– Je ne suis pas une poule mouillée. Je suis une handicapée de la drague.

– Attends ! Lui ! Regarde, mon futur époux est là-bas, s'écrie-t-elle en faisant des signes de tête convulsifs sur la droite.

On dirait une épileptique. Une adorable épileptique.

– C'est quoi cette obsession pour les punks à crête ?

– Comment ne pas « obsessionner » ? réplique Pash.

Pendant que nous débattons de la question, Punk-à-crête se retourne vers nous. Sans en perdre une miette, Pash lui lance un sourire discret savamment dosé. Il répond par un petit signe de tête judicieusement placé.

J'ai une soudaine et furieuse envie de plonger dans la première tranchée, histoire de les laisser à leur petit jeu de séduction. Je fixe le sol et tente de disparaître spontanément. En observant cette mer de chaussures, je remarque alors que presque tous les gens présents portent des Converse hautes (Converse, Converse, encore Converse, Converse partout). Par chance, Pash m'a prêté ses bottes, car même si j'ai une certaine affection pour mes bonnes vieilles Converse, il devient soudain évident qu'elles frisent le cliché. Exactement comme les imprimés tête-de-mort. Mais pour étudier ces fluctuations dans la mode, il faut sortir de Bodeen. Et au milieu de cette marée de baskets en toile colorée, j'aperçois deux derbys élimées constellées de taches de peinture. Tiendrait-on un artiste ? J'enquête aussitôt. Un jean usé, un tee-shirt défraîchi et une masse de cheveux noirs en bataille. Si déjà, de dos, c'est aussi bien...

Alors, il se retourne. Et toute la salle n'est plus qu'un flou géant tandis que ce garçon ténébreux m'apparaît clairement. Ses cheveux rebelles (je n'ai jamais su résister à l'effet saut du lit) cachent à moitié son regard émeraude. Vous avez bien lu, un regard *émeraude*. Et je ne vous parle même pas de son look de rocker maigre et dégingandé, de son teint blafard, indiquant qu'il passe le plus clair de son temps enfermé à écouter des disques. En clair, la perfection.

Et les fées se sont tellement penchées sur le berceau de notre Sexy Boy, qu'il ne semble pas accorder plus de deux nanosecondes par jour à son apparence – il n'en est que plus sexy.

Perdue dans mes pensées, je réalise soudain que SB jette un œil dans ma direction. C'est moi qu'il regarde. Mon estomac fait des cabrioles et une armée de papillons se met à danser dans mon ventre. Et puis, tout devient noir.

Dites-moi que je ne me suis pas évanouie en apercevant un type que je ne connais ni d'Ève ni d'Adam. Pitié, dites-moi que je ne suis quand même pas si nulle. Et lorsqu'un tonnerre de cris retentit autour de moi, je comprends que je tiens toujours debout. Les lumières se sont éteintes. La catastrophe est évitée. Je l'ai échappé belle.

Pash m'attrape par la main tandis qu'une marée humaine de mordus du roller derby nous entraîne là où le spectacle va se jouer. Je jette un regard en arrière, mais Sexy Boy a disparu dans l'obscurité.

Baptême de feu

La foule piaffe d'impatience et je commence à me demander si le toit du hangar ne va pas s'envoler. Mais soudain, waouh ! La lumière des spots cascade sur la piste et le spectacle nous prend de plein fouet, à cent à l'heure. Les garçons sont peut-être agréables à regarder, mais ces filles nous réservent un autre divertissement, tout aussi irrésistible.

Les Filles de l'air font leur entrée. Vêtues comme des hôtesses de l'air tout droit sorties des années 60 (rien que leurs uniformes délicieusement kitch me rendent jalouse). Toutes ont des surnoms géniaux : Holly Go-Fightly, Arma Geddon, et Kami Kaze. Quelques-unes attrapent au passage boissons et sachets de cacahuètes dans le panier d'un vendeur et les jettent dans le public. Puis c'est au tour des Roulettes russes d'entrer en piste, une flopée de nénettes affublées comme des pensionnaires d'école catho qui auraient mal tourné. Leurs costumes, vous l'aurez deviné, sont des minijupes à carreaux sur des collants résille déchirés. Elles ont aussi des pseudos savoureux, comme Marge Inale, Hélèna Larage ou Dinah Mite, la fille sur les affiches.

Mais la présentation des équipes n'est qu'une mise en bouche avant le plat de résistance : la course.

Même si je ne suis pas certaine d'avoir assimilé toutes les règles du roller derby, du premier au dernier coup de sifflet, la soirée n'est qu'un tourbillon de vitesse et de figures à couper le souffle. C'est sans conteste la chose la plus stupéfiante que j'ai vue de ma vie. Ces filles font des plongeons sur la piste, sautent les unes par-dessus les autres, s'entassent et s'empoignent et pourtant… elles semblent s'amuser comme des dingues. C'est un paradis pour film de série B des années 70.

Et cette Dinah Mite, des Roulettes russes… oh-mon-Dieu ! Elle est minuscule, fluette, mais lorsqu'elle patine, « c'est de la TNT », comme ils disent. Je lui voue aussitôt un culte comparable à celui que les garçons vouent à Superman. Je veux lui ressembler.

Au bout du compte, les Roulettes russes battent les Filles de l'air 72 à 44, ce qui n'a pas la moindre importance.

Si le punk rock était un sport, ce serait le roller derby. Chacune à leur manière, ces Derby Girls sont craquantes. Il y a des brindilles, des potelées, des grandes, des petites, certaines ont un bon popotin, les autres une poitrine généreuse, ou pas de poitrine du tout, certaines sont tatouées, d'autres pas, mais le public les adore toutes. Autrement dit, cette « activité » est faite pour moi : c'est l'exact opposé des concours de beauté. Je suis déjà une convertie.

Le match prend fin et le hangar devient le théâtre d'une fête géante, où les Derby Girls se mêlent à la foule. Mais avant même que j'aie pu rencontrer l'une de mes nouvelles idoles, Pash me colle sa montre Hello Kitty sous le nez.

– Minuit sept. L'heure de décoller.

– Hé, mais je n'ai pas fini de m'amuser !

– Si je peux me priver d'un moment privilégié avec un beau garçon, tu peux t'abstenir de jouer les groupies, maugrée-t-elle en me poussant gentiment, mais fermement vers la sortie.

Il faut dire que chez Pash on ne plaisante pas avec le couvre-feu. En sortant, on passe devant le stand de promotionnel, qui vend à peu près de tout, des tee-shirts aux cartes à collectionner – ces filles ont même des cartes à leurs effigies ! Attirée comme un aimant, je me libère de l'emprise de Pash pour mieux y jeter un œil. Je me retrouve nez à nez avec une blonde platine aux mèches bleues – le résultat est plus convaincant sur elle que sur moi. Et je ne vous parle pas du tatouage de sirène sur son bras : mortel ! Elle fronce ses sourcils parfaits, comme si elle songeait à botter mes fesses trop curieuses.

Incapable de la boucler, je débite :

– Vous êtes mes nouvelles déesses. Je veux être comme vous !

On dirait une gamine de treize ans à son premier concert de *boys band*. Au secours.

– Alors, ramène tes fesses sur la piste et prends-toi en main, répond-elle d'un ton encourageant. Parce que si tu aimes regarder le derby, c'est encore mieux de participer.

– Oh non, impossible. Mes patins à roulettes sont des « Barbie » que je n'ai pas touchés depuis le CM1.

– Aucune importance, ça ne s'oublie pas. On organise des sélections mardi prochain. Tu n'as qu'à tenter ta chance !

À bien y réfléchir, je me rappelle avoir connu une phase « patins à roulettes » assez intense en primaire. Si les vélos et les patinettes étaient le moyen de transport favori de mes semblables, j'avais jeté mon dévolu sur les patins. Et soudain, l'idée qui m'aurait paru absurde cinq minutes auparavant devient évidente.

– Compte sur moi !

Pleine d'assurance, je grogne, atteignant de nouveaux sommets de ridicule. Je n'ai jamais grogné de ma vie, et voilà que je m'exprime comme un goret. Pathétique.

– Il faut simplement être majeure. T'es bien majeure ?

Pash s'approche en me fusillant du regard. Je préfère l'ignorer.

– Euh, oui, je viens juste d'avoir dix-huit ans.

– Cool ! Je suis Malice. Malice au Pays des Merveilles.

– Génial ! Je m'appelle Bliss.

En voyant son air dubitatif, je m'empresse d'ajouter :

– Mais je peux changer de nom.

– Je crois que ça s'impose, répond-elle avec un sourire compatissant.

– Bon, maintenant on y va, intervient Pash en me tirant par la manche.

Nous rejoignons la Pashmobile et, incapable de me contrôler, je bondis de joie. Pash se retourne, excédée.

– OK, dit-elle. C'était quoi ce délire ?

– Quel délire ?

– Tu ne peux pas faire de roller derby ! vocifère-t-elle.

– Et si on essayait toutes les deux ? Ça serait génial, non ?

– Euh, désolée, mais me faire laminer par une bande d'hystériques en patins à roulettes ne me tente pas plus que ça. Je n'ai pas eu de période « patins à roulettes Barbie », moi. J'étais du genre môme obèse qui passe son temps à lire, enfermée dans sa chambre, OK ? Et contrairement à certaines, je connais mes limites.

– Ce qui veut dire ?

– Ces filles sont de vraies dures. Et toi, Bliss, conclut-elle en m'attrapant le bras avant de le tordre vicieusement, tu ne l'es pas.

– Eh bien, pas encore, dis-je d'une petite voix. Mais je pourrais le devenir.

– N'importe quoi ! Et ta mère va nous en faire une maladie.

– Pourquoi en ferait-elle une maladie ? Elle n'en saura jamais rien.

Comme si j'allais prévenir Brooke que je me mettais au roller derby…

– Eh bien, réplique Pash, soudain enthousiaste, Madame a le goût du risque.

– Allez, passe les essais avec moi.

– Pas question de sacrifier ma moyenne, répond-elle d'un ton décidé en ouvrant la portière.

Une fois de plus, je réalise que ma meilleure amie est une tronche. Et que ses résultats hallucinants n'arrivent pas par hasard sur son bulletin de notes. Elle est la rock star de la réussite scolaire. Moi je ne suis qu'une humble choriste.

– Ça ne sera pas aussi drôle, sans toi, dis-je d'un air triste, brisant le silence.

– Si tu réussis, je viendrais t'encourager à chaque match.

Déjà, je me sens mieux.

On se dirige vers Bodeen à fond la caisse pour un contre-la-montre parental, non sans avoir fait un crochet par le dernier bar encore ouvert pour obtenir le score du match de foot. Nous passons la porte des Amini à 1 h 02 (soit dans les temps, si l'on compte les cinq minutes de tolérance) en entonnant un chant à la gloire de l'école composé à l'improviste.

– Alors, ce match ? demande M. Amini.

– Incroyable ! s'enthousiasme Pash. On a gagné !

– Quatorze à trois, j'ajoute en mentionnant le seul détail véridique de notre histoire bidon.

Nous fermons la porte de sa chambre juste à temps pour laisser libre cours à notre fou rire, avant de nous écrouler sur son lit perpétuellement défait.

Bingo !

Le lendemain matin, je réquisitionne l'ordinateur de Pash afin d'approfondir mes recherches sur le roller derby. Il m'est impossible de faire ça chez moi pour deux raisons. Primo, l'humble demeure de Brooke et Earl n'est pas un haut lieu de la technologie moderne. Ils sont encore coincés dans l'ère médiévale de l'Internet, avec une connexion modem 56K. Le temps que cette antiquité se connecte à coups de bips, on a le temps de faire quelques poussées d'acné. Secundo, si j'ai la patience d'attendre la connexion sur cet ordinateur avec un escargot en guise de processeur, il y a de très fortes chances pour que Brooke vienne fureter autour de l'écran pour observer mes moindres faits et clics.

Je préfère donc éviter ce genre de flicage, merci bien.

Et tandis que Pash poursuit sa grasse matinée du samedi, je me sers (disons que je termine) dans le paquet de biscuits qu'elle garde en réserve derrière sa stéréo et passe un bon moment sur le site Internet des Derby Girls. J'y apprends qu'elles organisent des essais de qualification pour la prochaine saison le mardi suivant, à dix-neuf heures.

Des essais de qualification : en voilà un terme effrayant. À première vue, il semble plutôt anodin, mais, de ma vie, je n'ai jamais passé de qualifications. Rien qu'à l'idée, je m'affole et transpire plus que ma tante Brenda au pique-nique annuel du 4 juillet, ce qui n'est pas peu dire.

Et pourtant. Voir ces filles patiner, entendre le raclement des roulettes sur la piste me donne un aperçu sur ce que pourrait être la vie hors de Bodeen. J'en redemande. C'est vital. Au diable les nerfs, je veux en voir plus. C'est mon passeport pour la liberté.

Problème majeur : le transport. Impossible de compter sur la Pashmobile, mais il existe un « Lotobus Troisième Âge », une charrette qui conduit nos vieux au Bingo Palace d'Austin chaque mardi et jeudi, afin qu'ils prennent leur dose hebdomadaire de suspens alphanumérique (Remarque : Bodeen est si pitoyable que même le club du troisième âge doit aller s'amuser ailleurs).

Ils accepteraient peut-être un passager clandestin ?

Le Lotobus

Il est temps de pénétrer dans mon petit laboratoire de mensonges, et de concocter un baratin à grande échelle pour expliquer mes absences dues aux allers-retours à Austin. En attendant, officiellement, je passe mes après-midi à travailler ma dissert sur *La Lettre écarlate* chez Pash.

J'entreprends des fouilles archéologiques dans mon placard et, au beau milieu d'une nécropole de peluches, je mets au jour mes patins à roulettes Barbie. Je lutte quelques minutes pour les chausser, car ils sont beaucoup trop serrés, mais j'arrive au moins à les lacer. Je les trimballe au lycée, cachés dans mon sac à dos. La dernière sonnerie de l'après-midi retentit enfin et Pash me dépose au club du troisième âge de Bodeen, où le Lotobus quitte le parking, rempli de viocs en mal de distractions.

Je dois courir sur plusieurs mètres en agitant frénétiquement les bras et en hurlant « Attendez-moi ! ».

Le chauffeur (un péquenaud pur jus nommé Todd), torse nu et le cheveu rare, s'arrête et m'ouvre la porte.

Je lui dis merci, grimpe dans le bus et me retrouve face à une horde de seniors peu amènes. Ces gens-là n'aiment pas que des gamines de seize ans profitent impunément de leur Lotobus. Ils sont à deux doigts de me jeter dehors à coups de canne et de déambulateur. Note pour plus tard : ne jamais se mettre entre un vieux et son horaire de bingo.

Il me faut improviser sur le vif avec un pieux mensonge – une grand-mère malade à Austin – pour qu'Helen, une délicieuse mamie aux tennis rouge vif, vienne à mon secours.

– Cette petite est avec moi, déclare-t-elle en tapotant le siège à côté d'elle, et si ça ne vous plaît pas, changez de dentier !

Je m'installe à côté d'elle et la remercie. Je remarque alors que son carré frisé est teint en bleu très pâle.

– J'aime beaucoup votre couleur de cheveux, lui dis-je.

– Merci, je les teins moi-même, répond-elle en me tendant sa pelote de laine avant de jouer des aiguilles.

Pour mieux ignorer les autres voyageurs irascibles, je dégaine l'iPod (outil qui vous sauve de toute forme d'embarras social). Une heure plus tard, le car s'arrête devant le Bingo Palace et je grimpe dans un autre bus qui me laisse à deux pâtés de maison du hangar. Je coupe par une ruelle et pénètre in extremis dans le saint des saints.

Mission initiation

Au moment où je pénètre dans le hangar, surnommé « La Bonbonnière », l'endroit se fait brusquement silencieux. Une quarantaine de filles se retournent toutes en même temps et me dévisagent curieusement – du moins, c'est l'impression que j'ai. Peu habituée à me soucier du regard des autres, l'embarras me frappe soudain de plein fouet.

Sur une échelle de un à dix, ces filles ont un coefficient cool de 11. Dans mes meilleurs jours, je stagne à 2,7. J'ai la sensation d'être l'intello à lunettes qui tente d'intégrer la bande de pom-pom girls dans ces horribles *teen movies* qu'on a honte de regarder (mais qu'on a tous vus dix fois). À ce stade du scénario, les choses se passent rarement bien pour l'héroïne.

Regardez-les, ces Calamity Jane, avec leurs tee-shirts de groupes de rock déchirés et leurs pantalons découpés. Elles comparaient déjà leurs pseudos. Moi, je n'y ai même pas réfléchi.

– Je pensais à Princesse Amigala, explique une grande perche à l'air féroce.

J'avoue : j'aimerais que ces filles m'apprécient. Que dis-je ? Je veux qu'elles m'adorent. Tant pis pour Pash et son dossier pour Harvard, elle qui me laisse affronter seule ce monde cruel.

Et si on me demandait ma carte d'identité ? S'ils s'apercevaient que je suis mineure ? Mieux vaudrait filer tant qu'il en est encore temps. En me pressant, je pourrais retrouver Helen pour son bingo.

Mais une voix met fin à mon hésitation.

– Tu es là !

Je me retourne et remarque Malice, ses patins nonchalamment pendus à l'épaule. Je souris en lui adressant un petit signe idiot.

Malice préfère ignorer mon comportement de paria et m'attire à l'intérieur. Elle me fournit coudières, genouillères, protège-poignets et casque.

Une fois harnachée, je grimpe bravement sur la piste et boum ! je tombe aussitôt sur mon derrière de bleue. J'ai à peine le temps de rougir de honte que deux filles sont là pour me ramasser.

– Ne t'en fais pas, me disent-elles, c'est normal, la première fois.

Facile à dire : elles s'entraînent déjà à sauter pardessus les plots en plastique disposés sur la piste. Je titube sur quelques mètres tel Bambi qui apprend à marcher. La Terre a le temps de faire quatre fois le tour du Soleil avant que j'exécute un tour de piste complet. Puis un coup de sifflet marque la fin de l'échauffement. En résumé : je me prends gamelle sur gamelle durant un unique tour de piste et l'échauffement est terminé.

Les quinze concurrentes s'alignent sur le couloir intérieur. Au premier regard, je comprends qu'elles pourraient m'écraser sans problème.

Les capitaines des six équipes se présentent. D'abord, Juanita Bandita des « Sirènes hurlantes », les soldats d'élites. Une fille pulpeuse, comme le serait J-Lo si elle n'était pas la poupée plastique que l'on connaît. Ensuite, c'est Arma Geddon, une goth au teint pâle, qui mène les « Filles de l'air ». Fée Garobosse, une blonde aux allures de petite fille qui semblerait plus à son aise sur un court de tennis, est capitaine des « Veuves noires ». Lauren Chacal, une rockeuse avec une coupe en brosse conduit les « Bombes glacées ». Malice dirige les « Scouts en gerbe ». Et enfin, la fabuleuse Dinah Mite, meneuse des tenantes du titre, les « Roulettes russes ».

Avec des petits cœurs dans les yeux, je regarde Dinah se présenter et balbutie :

– C'est grâce à toi que je suis là !

Le hangar devient soudain silencieux et toutes les têtes se tournent vers moi.

– Super, réplique-t-elle. Mais faire la lèche-cul ne te mènera pas loin.

Traduction : je viens de me mettre à dos la fille la plus cool de la salle. Ça commence bien.

On débute par une série de mouvements pour exposer nos talents individuels. Dans l'idée, c'est l'équipe qui nous apprendra les règles du roller derby. Dans un premier temps, nous devons simplement montrer que nous savons patiner. De vous à moi, j'étais plutôt douée étant gamine. Je vivais sur mes roulettes. Aujourd'hui, il n'en reste plus grand-chose.

Cette soirée est une succession d'humiliations floues. Dans les grandes lignes : je passe plus de temps sur mes fesses que sur mes jambes. Dinah Mite scrute mes patins Barbie. Son regard réprobateur me déstabilise et je retombe. Ensuite, nous devons patiner en rang serré et en nous cognant les unes aux autres afin de prouver que nous pouvons prendre des coups. Je me tiens à plus de deux mètres derrière les autres, trop flippée pour me lancer.

À la pause, la pitié collective de mes adversaires est palpable. Je suis le vilain petit canard. Heureusement, ma sueur cache les larmes qui commencent à poindre.

Le sifflet signale la reprise des essais et nous nous plaçons en ligne pour les éliminatoires. Le but est simple : effectuer cinq tours de piste le plus rapidement possible. Tandis que nous regagnons la piste, Malice m'attrape par le bras.

– Hé ! me lance-t-elle. Arrête de te prendre la tête. Tu es là pour t'amuser, OK ?

– Merci.

L'attention est touchante, mais que faire d'un tel conseil ?

Les unes après les autres, les concurrentes enthousiastes s'élancent sur la piste. Une ou deux tombent, mais se relèvent, les suivantes filent sans s'arrêter. La plupart montrent qu'elles savent patiner, mais une chose est sûre : aucune ne bat de record. Tout ce que j'ai à faire, c'est cinq tours de piste. Je peux y arriver.

Je me positionne et le sifflet retentit. Aussitôt, je trébuche, mais continue sur ma lancée, luttant pour me rétablir. Je termine mon premier tour avec une certaine facilité (yes !!!). Au deuxième tour, quelque chose fait tilt. Je me courbe au maximum, pousse aussi fort que je peux sur mes jambes et bingo ! je prends les virages à une allure inouïe. L'espace d'un instant, la vitesse me semble impossible à contrôler, mais je plie davantage les genoux pour augmenter ma rapidité. Dès lors, la piste m'appartient. Je donne tout ce que j'ai.

Au cinquième tour, Fée Garobosse lève le nez de son chronomètre en hurlant :

– Vingt-deux secondes quatre centièmes !

(Soit la moitié du temps des autres.)

Ne sachant pas comment m'arrêter, je percute la rampe et m'effondre sur la piste. Sous les applaudissements, je reste là, haletante, fière de moi, mais un peu sonnée. J'ignorais de quoi j'étais capable et je me demande soudain quelles autres aptitudes sommeillent en moi, mises en veille par des années de concours de beauté.

Reste à piquer un sprint pour rejoindre à temps le Lotobus. Ça se joue à la seconde près.

Les anciens crient à la partie « truquée » tandis qu'Helen compte ses gains dans un coin. Cette vieille chipie.

Helen et moi, ce soir, avons touché le gros lot.

Le lendemain, lorsque j'arrive en boitillant au lycée, Pash me sert sont regard apitoyé.

– Que t'est-il arrivé ? On t'a botté les fesses ou quoi ?

– Tout juste, dis-je avec un sourire. Mais devine quoi ! Je fais partie des Scouts en gerbe !

Eh oui, Malice, devenue ma marraine la bonne fée du derby, m'a fait entrer dans son équipe.

– Félicitations, s'écrie Pash. Je suis si fière de toi !

– Je sais. Il ne me reste qu'à dénicher une vraie paire de patins, changer mes horaires au boulot et…

Soudain livide, Pash me fixe avec ses yeux de meilleure amie vexée.

– Quoi ? Non ! Si je n'ai pas encore viré psychopathe c'est uniquement parce que nous travaillons ensemble dans ce restau infernal. Tu ne peux pas changer tes horaires, Bliss !

J'ai beau adorer Pash de tout mon cœur, pas question de renoncer au roller derby. C'est ma porte de sortie.

– Il nous reste les vendredis, dis-je en la prenant par les épaules.

– Je te hais, répond-elle en faisant de même.

Après mûre réflexion et une répétition sérieuse devant ma glace, j'explique aux parents ma nouvelle absence du mardi et jeudi par mon insertion dans le groupe d'études et de travail en vue des épreuves du bac.

Brooke lève le nez du costume qu'elle ajuste sur Pucinette.

– Tu sais, Bliss, je crois que c'est une bonne idée, s'exclame-t-elle, comme si ses neurones à paillettes se mettaient en mouvement. Aujourd'hui, ce sont les filles intelligentes qui ont la cote dans les concours. Je te parie que les juges de Miss Bleuet seront impressionnés.

Vous voyez à quoi ressemble mon quotidien ? Ma propre mère se fiche pas mal que je sois brillante… que je puisse, je ne sais pas, moi, intégrer une bonne fac. Elle veut seulement que j'impressionne les juges d'un concours de beauté. Quelqu'un (n'importe qui) pourrait-il lui dire qu'on est entré dans le XXIe siècle ?

En avance à l'entraînement des Scouts en gerbe, je suis déjà équipée quand les autres filles passent la porte.

Une fois l'échauffement terminé, notre entraîneur, Brian, surnommé « Blade », nous met au travail. Quelques mots au sujet de Blade : environ vingt-trois ans, plutôt mignon si on aime les métalleux un peu beaufs à grosses chaînes en or (autrement dit, dans d'autres circonstances, nous n'aurions rien à nous dire). Il se trouve que Blade a une passion et un don pour le patin à roulettes. Pour le reste de la société, c'est un barjot. Pour nous, c'est un dieu.

Ses exercices de dingue nous mettent en pièces, mais les filles sont bien décidées à le faire rougir à coups de blagues grivoises. Avec une ambiance pareille, on en oublierait presque (presque) qu'on sue sang et eau. Le genre que vous ne verrez jamais sur les terrains de sport au lycée. Le roller derby fait figure d'ovni.

La plupart de mes coéquipières sont étudiantes (certaines ont plus de vingt et un ans…). Personne ne m'interroge sur mon âge. Ma petite fable y est sûrement pour quelque chose. J'ai expliqué habiter Bodeen, et bosser au Bistro du Groin pour payer mes études. Elles pensent sans doute que j'ai déjà passé le bac (et je me garderai bien de préciser).

Ma vie semble s'améliorer. Elles me traitent comme une petite sœur qu'elles se font un devoir de protéger. C'est génial.

Qu'on se le dise, la solidarité entre Derby Girls, c'est du cent pour cent authentique. Aux antipodes des clichés aseptisés qui transpirent l'hypocrisie et qu'on voit dans ces pubs pour crèmes dépilatoires (auxquelles je suis incidemment allergique). Comment je le sais ? Parce que justement, personne ne dit « On s'aime » ou « On reste soudées ». On se dit volontiers : « Tu déchires tout » ou « T'as un style de dingue », mais certainement pas « On reste soudées ».

Mes devoirs pour la prochaine séance ? Outre apprendre à maîtriser l'art du patin à roulettes, je dois me trouver un pseudo, car on est toute tombées d'accord : Bliss, ça le fait pas. Ça n'est pourtant pas faute de l'avoir répété à Brooke.

Les trois semaines suivantes filent comme l'éclair tandis que ma vie entre en orbite autour du roller derby. L'argent qui devait servir à l'achat de mes escarpins Fluevog passe finalement dans mes nouveaux patins. Bien sûr, je les fais expédier chez Pash pour ne pas éveiller les soupçons de Brooke. Nous expliquons à ses parents que le colis contient un télescope, et leurs questions s'arrêtent là.

L'humiliation disparaît au fil des entraînements. Je suis couverte de bleus (des « suçons », dans notre jargon), mais je suis fière de ce que j'essaie d'accomplir – j'ai l'impression d'être une athlète. Je m'entraîne même en cachette la nuit, dans l'allée, pour maîtriser les arrêts et les dérapages, déterminée à rattraper mon retard sur les autres.

La sensation dans les virages m'enivre, lorsque l'air fouette mes cheveux, que je fléchis les jambes, le buste parallèle à la piste pour mieux gagner de la vitesse. Mon existence au ralenti a soudain pris de l'allure.

Mon souci reste les blocages. C'est l'élément qui distingue le derby du simple patinage. Jusque-là, dès qu'Emma Tamor, Barbie Turique ou Malice s'approche, je dégringole.

Après une énième chute, Blade s'avance et me dit :

– C'est un sport de contact, Bliss. Tôt ou tard, il faudra *établir* le contact.

Pas faux. Mais je déteste qu'on me le rappelle.

Je passe mes journées à consulter Pash (elle préfère le terme « harceler ») sur mon futur pseudo, devenu un dilemme. Nous sommes au beau milieu d'une conversation au sujet de cette harpie de principale, et je me mets soudain à lui sortir des noms :

– Punky Booster, ça te plaît ? Joy Division ? Anna R'chie ?

Après plusieurs jours d'interrogation, Pash lève les yeux au ciel.

– Si tu recommences avec tes pseudos, je ne viens pas voir ton match.

– T'en fais pas, Malice et moi avons enfin réglé le problème.

– Tu as choisi un nom ? Vas-y, balance !

– Nan ! Tu attendras le soir du match, dis-je en la plantant au milieu du couloir pour rejoindre mon cours d'anglais.

Les dessous du derby

Cette double vie se révèle surprenante. J'ai pris conscience que pour éviter Brooke, je dois me comporter en fille modèle. Et pour ignorer les vieux dans le Lotobus, la tactique la plus sûre est de monter le son de l'iPod à fond, le nez plongé dans mes bouquins. Tant que je garde une main sur la pelote d'Helen, tout va pour le mieux.

Et tandis que j'entre dans la période la plus rebelle de mon adolescence, que je mens quotidiennement à mes parents, je parviens à ramener des résultats qu'on ne m'avait plus vus depuis la maternelle. De bonnes notes dans toutes les matières. Bliss à l'ancienne.

C'est dingue : un bulletin de notes digne de louanges vous sortira de n'importe quelle situation. Pourquoi n'y avais-je pas pensé plus tôt ?

Même Earl me prend à part et me tend gentiment un billet de cent dollars.

– Je suis vraiment fier de toi, trésor.

Cette petite scène me tirerait presque des larmes, car Earl est tout sauf démonstratif. Ces temps-ci, rien ne m'émeut, excepté d'entendre mon père m'appeler trésor. J'espère ne jamais m'en remettre.

Ce soir, c'est le grand soir. Celui de mes débuts sous les traits de la seule, de l'unique Babe Ruthless devant un parterre de fans en délire. Sadie, Juana et leur coloc Octavie (qu'on appelle Rocktavie, parce qu'elle « rock » nos vies) ont prévu un after de dingue chez elles.

Ma véritable existence va enfin (enfin !) commencer et j'embarque Pash. D'ailleurs, quand j'ai parlé de cette soirée, elle m'a répondu :

– Si je ne suis pas invitée, tu es morte.

Comme si elle avait besoin de demander. Je ne sors jamais sans ma Pash Amini.

Nous ressortons un bon vieux chassé-croisé parental, « elle dort chez moi/je dors chez elle ». Ce genre d'excuses éveillerait normalement les soupçons de Brooke, mais une coïncidence fortuite joue en notre faveur. Brooke, qui doit accompagner Pucinette au concours de Little Miss Machin à Dallas, me laisse donc aux bons soins de mon père, moins rompu au baratin.

Est-ce que je me sens coupable de berner Earl alors qu'il s'est montré si gentil dernièrement ? Disons que

Bliss s'en veut, mais Babe Ruthless doit assurer le spectacle.

On nous offre une occasion en or de nous amuser, pas question de la gâcher.

Ce soir, la fédération de derby est représentée par les Sirènes hurlantes, une escouade de filles-flics pas commodes et les Scouts en gerbe, un groupe d'éclaireuses qui a mal tourné.

Tout en nous habillant, nous entendons la salle se remplir. Barbie Turique me prête son eye-liner à faire pâlir d'envie n'importe quel fan du *Rocky Horror Picture Show*. Et tandis que j'enfile mon uniforme de girl scout sur mes collants vert pomme et noir déchirés, j'en pleurerais presque de joie. J'ai l'air aussi sexy que menaçante – mon idéal du glam.

Lorsqu'ils annoncent Babe Ruthless, je fais mon tour de piste en arrosant la foule de Tic Tac. Difficile de savoir qui de la foule ou moi s'amuse le plus. Sans doute moi.

Malice me nomme première attaquante (censée marquer les points). Le sifflet retentit, je bouillonne intérieurement. Je détale comme un boulet de canon, évitant et dépassant les joueuses adverses qui essaient de me mettre au tapis. Raté !

Je parviens même à tenter le « coup de fouet » avec Emma Tamor dans un virage. Elle tend son bras derrière elle, je l'attrape et sa force me propulse dans la courbe, me catapultant en tête de toutes les

Sirènes. Un coup qui emballe la foule, ça c'est certain.

Au temps mort, j'ai marqué pas moins de six points pour les Scouts (c'est pas pour la ramener, mais allez, c'est mon premier match !).

Mon taux d'adrénaline explose et je dois me ranger sur le côté pour reprendre mon souffle et me réhydrater. Je vide ma bouteille d'eau en repérant les garçons dans la foule.

Bien sûr, je cherche mon Sexy Boy, ce rocker qui hante mes nuits depuis ce premier regard échangé, six semaines plus tôt. Je vois des types mignons dans tous les coins, mais aucune trace de mon SB.

C'est aussi bien – il n'était probablement qu'un mirage. Ou pis, peut-être moins beau que je ne l'ai imaginé. Si je le revoyais, je serais sûrement déçue au point d'être dégoûtée. Et je m'amuse trop pour tout gâcher avec des déceptions romantiques. Je suis une Derby Girl, moi !

Juste avant la mi-temps Barbie se blesse au genou et doit passer quelques rounds sur le banc. Puis Malice m'appelle pour bloquer. Je la regarde comme si elle était dingue. Il est prouvé que le blocage n'est pas mon truc.

Elle me prend à part.

– Tu sais ce que je fais quand je dois bloquer ? Je visualise Dax, mon ex – quel con, celui-là ! Un conseil, Ruthless, ne sors jamais avec un musicien, ou un

Gémeaux, c'est une plaie. Quand je bloque, je m'imagine le laminer avec sa précieuse guitare. Ça m'aide vraiment. Pense à des choses qui t'énervent et tu bloqueras sans problème.

Me voilà au blocage et Alice Tériose est à l'attaque, prête à me dépasser et à marquer. D'ordinaire, je l'aurais laissé filer, mais pas ce soir. Cette fois, je suis la recommandation de Malice. Je songe à Brooke, à Corbi, à tous les clients odieux qui ne laissent pas de pourboires, à tout le reste, et alors qu'Alice se baisse pour me doubler j'envoie un coup d'épaule et de hanche et bingo ! c'est le contact. Alice s'effondre sur la piste tandis que je file dans la direction opposée.

Au dernier round, je suis tellement dans le bain que je me sens invincible, impitoyable. Cette fois, comme je bloque au lieu d'attaquer, je peux tenter n'importe quelle figure. Et encouragée par le public qui nous porte pour notre bouquet final, j'opte pour un grand classique : « se payer la rampe. »

De toute la fédération, seules trois filles sont vraiment capables de le réaliser. J'ai décidé d'être la quatrième. Un coup de Juanita Bandita me donne de l'élan et je me précipite vers le bout de la piste à toute allure. Je heurte le rebord, attrape la rambarde et pirouette par-dessus la rampe. Le sol en béton se trouve environ deux mètres cinquante plus bas. La foule retient son souffle… En tombant, je ne vois qu'un flou de lumières.

Et puis vlan ! Mes patins touchent le sol. Une clameur monte du public et je m'aperçois que je suis encore debout. Je l'ai fait ! Je me suis payé cette putain de rampe !

Et comme ça, je deviens une légende du derby – du moins, dans ma tête. À peine sortie de piste, je sens déjà ma vie sociale décoller. Je suis entourée de fans.

Pash accourt, poussant tous les autres, et hurle :

– Bon Dieu, Bliss, tu es une rock star !

Un homme charmant, mais un peu trop mûr, s'avance :

– Tu déchires, Babe Ruthless, dit-il en me tendant une bière.

Malice intervient telle une lionne devant sa progéniture.

– Elle n'a que dix-huit ans espèce de pervers ! aboie-t-elle en le repoussant.

– Mais, dis-je en gémissant, je la voulais, cette bière.

– On t'en servira une à la soirée.

Lorsque Pash et moi rejoignons la grande soirée, les voitures sont garées partout dans les rues adjacentes et il nous faut quasi regagner Bodeen pour trouver une place. Mais je ne m'en plains pas. Notre épique marche d'approche vaut totalement le coup.

L'endroit grouille de beaux spécimens. Les Margaritas et autres cocktails coulent tel le Champomy chez les mômes. Et Pash ne perd pas de temps pour se servir – en boissons comme en garçons.

J'ignore comment, mais je me retrouve avec un skateur hideux et fluet, prénommé Adam, collé aux basques – il ne doit pas avoir plus de quatorze ans. En revanche, mes coéquipières n'ont aucun mal à ferrer des garçons plus appétissants.

Vers minuit et demi, le QG du Derby prend des allures de maison close. Sur la pelouse, dans la cuisine, dans l'entrée, dans les chambres, les deux salles de bains, et même dans l'arrière-cour, tout le monde se met en couple. Tout le monde, sauf moi, et impossible de me débarrasser du Pot de colle. Il me suit de pièce en pièce, à la recherche de Pash, qui semble s'être volatilisée.

Frustrée, sur le point de fondre en larmes, je m'autoproclame DJ et prends le contrôle de la stéréo. (Voilà deux heures qu'on écoute le même album de Beck et, même pour les fans, c'est trop.)

Je passe en revue la collection musicale de Rocktavie, cherchant l'inspiration quand l'album du Velvet Underground & Nico m'attire l'œil. J'ai souvent entendu parler de ce disque sans jamais avoir eu l'occasion de l'écouter. À tous les mélomanes snobs : je n'ai que seize ans et voilà seulement deux ans que je découvre la vraie musique. Laissez-moi le temps de me rattraper !

Je place le vinyle sur la platine, curieuse de comprendre pourquoi on fait tout un plat de ce Velvet. Le diamant gratte le sillon et oh-mon-Dieu, je suis renversée.

Ce n'est pas du tout le rock punk hybride et bruyant auquel je m'attendais. Le son qui sort de la stéréo est un genre à lui tout seul, une sorte de conte de fées tordu et enchanteur qui me fend le cœur, au bon sens du terme. Je m'étale sur le sol, l'oreille collée au haut-parleur, en transe. Je pose la pochette sur mon visage, pour mieux étouffer le brouhaha ambiant, tandis qu'*I'll Be Your Mirror* m'envoûte. J'ajoute mentalement ce titre à ma liste des dix meilleurs morceaux de tous les temps.

Alors que je dodeline dans un abandon rêveur, une voix me parvient :

– Excellent choix, DJ !

Je fais glisser la pochette du disque et lève les yeux. D'abord, je vois ses chaussures : des derbys constellés de taches de peinture. Mon cœur s'arrête en apercevant son visage. La peau pâle, les cheveux bruns en bataille, le regard émeraude… Mon Sexy Boy ! Il doit avoir dix-huit ans, voire dix-neuf. Et non, mon imagination ne m'avait pas trompée : son charme est aussi dévastateur que la première fois. Peut-être davantage, car il vient de complimenter mes goûts musicaux.

Je roule aussitôt sur le côté et me lève d'un bond. Rien qu'à le regarder, je suis frappée par une envie de m'évanouir. Comme si un éclair me parcourait, je trébuche littéralement en avant. Il me rattrape.

– Oups, j'ai la tête qui tourne, dis-je, espérant retrouver ma dignité en même temps que mon souffle.

– C'est un des effets de cet album.

– C'est dingue. Je ne l'avais jamais écouté.

– Vraiment ? demande-t-il avec intérêt. Alors, t'en penses quoi ?

Si vous ressentez un profond embarras mêlé de dégoût lorsque vous voyez quelqu'un se ridiculiser devant vous, je vous suggère de sauter la suite. Autrement, voici les détails scabreux :

– Ben, tu sais, des fois des gens te répètent « Non, mais tu vois, c'est le meilleur album de l'univers !

Si t'as pas entendu ça, t'as rien entendu ! ». Et en l'écoutant, tu te dis « Vraiment pas de quoi en faire un fromage. ». Mais d'autres fois, tu découvres un groupe pour la première fois, et c'est tellement bon que ça te retourne les tripes, dans le bon sens du terme… Eh ben, je crois que c'est ça. Ou quelque chose comme ça.

Mon détecteur de honte se déclenche enfin et je me mords les lèvres pour limiter les dégâts.

Une simple question et je réussis à me lancer dans un monologue effréné, en lui révélant d'entrée de jeu mon imbécillité chronique. Mais peut-être que l'imbécillité, c'est son truc, parce qu'il sourit.

– Alors, qui es-tu et d'où tu débarques ? me demande-t-il.

Voilà des années que je me pose la même question, il va falloir prendre un ticket.

– De Bodeen. Je sais, pas très classe, mais…

– Bodeen, la petite ville de ploucs ?

Mais non, voyons. Bodeen, la cité des lumières.

– Oui, mais si je travaille dans cet horrible restau, c'est uniquement pour payer mes études.

Plus je répète ma petite histoire, plus elle paraît plausible. À trop traîner du côté d'Austin, on en oublierait vite Ploucville et son lycée. Surtout quand on flirte avec un garçon comme SB. Hé, attendez un peu. Je flirte, là ? Ça y ressemble. Alléluia ! La malédiction est levée.

Mais avant que nous ayons pu entrer dans le vif du sujet, une voix masculine nous parvient du jardin.

– Oliver ! Ramène ton petit cul par ici. La guitare d'Eddie est dans ton coffre !

Oliver se retourne vers moi.

– Hé, qu'est-ce que tu fais dans environ trois minutes ?

– Rien de prévu.

– Génial. On se retrouve ici, reprend-il.

– Ça roule.

Et là-dessus, il tourne les talons et disparaît.

Oliver ! Il s'appelle Oliver ! Et je suis déjà dingue de lui.

Le pire timing de l'histoire

Je sprinte jusqu'à la salle de bains pour vider ma vessie, me tartiner les aisselles avec le premier déo en stick qui me tombe sous la main (je sais, c'est crado, mais la situation est critique), et ajouter rien qu'une touche de gloss avant de retrouver le garçon de mes rêves, devant la stéréo. Je n'apprécie guère la parade amoureuse « Salut, ça va ?/Une petite pipe ? » qui constitue l'essentiel des romances de mon lycée, mais mon cœur bat à tout rompre. Il me suffit de songer à Oliver pour que mon soutien-gorge se dégrafe tout seul.

Pour éviter de spontanément me transformer en traînée, je me lance un regard sévère dans le miroir.

– Tu peux flirter avec lui, mais rien de plus, dis-je à mon reflet hystérique.

– T'es qui ? Ma mère ? réplique une voix pâteuse et familière derrière le rideau de douche. En le tirant, je découvre Pash au fond de la baignoire, avec un punk à crête (*what else ?*).

– Babe Ruthless, s'écrie-t-elle en m'ouvrant grand les bras. Tu es là !

Voilà ma Pash, échevelée, le rouge à lèvres étalé sur la joue, et le soutien-gorge dans la poche.

– Sauvage et moi, on t'a cherchée partout, poursuit-elle en désignant d'un geste mal assuré le garçon tout aussi décoiffé qu'elle, et dont la joue est aussi tachée de rouge. Mais là, on va filer au supermarché. On a les crocs et Sauvage veut du chili.

Sauvage ? C'est quoi ce nom ? Il est si maigre que, même moi, je pourrais lui coller une raclée.

– Tu sais à quel point je t'aaadooore ? T'es la meilleure copine du monde eeentier, hurle-t-elle, comme si plusieurs kilomètres nous séparaient.

Mais je suis juste devant elle, et je n'ai plus d'oreilles.

– Pash, tu es sérieusement bourrée. Pas question de te laisser prendre le volant, lui dis-je en lui arrachant ses clés.

– Nan, toi ! Parce que t'es ma meilleure amie, et je t'aiiime et je te conduis partout, alors aujourd'hui, tu vas conduire.

Elle sort en titubant de la baignoire et s'effondre dans mes bras. Elle tient à peine debout, et on ne peut pas dire que Sauvage soit d'un grand secours. À cet instant, le visage de Pash passe par toutes les couleurs de l'arc-en-ciel avant de virer au vert. Et je sais ce qui se prépare.

Je la fais pivoter vers les toilettes, lève la lunette et tâche de garder mon sang-froid tandis que la pauvre petite vomit tripes et boyaux. Sauvage est moins courageux. Il lève les bras, résigné.

– J'abandonne, décrète-t-il en enjambant Pash avant de quitter la pièce.

– J'imagine que vomir devant son copain c'est mauvais pour le couple, soupire-t-elle.

– Mais, avec un nom comme Sauvage, le couple part avec un handicap.

Pash éclate de rire avant de replonger vers les toilettes. Je n'ai qu'une envie, c'est de rejoindre Oliver, mais lâcher les cheveux de ma copine pour aller flirter avec un type (aussi sexy soit-il) me semble méprisable. S'il m'arrive de l'être, je me refuse de tomber aussi bas.

Je croise les doigts et même les orteils pour qu'Oliver m'attende, mais lorsque Pash se remet et que je retourne à la soirée, il a disparu. Et croyez-moi, je le cherche avec autant d'application que le FBI traque ses disparus, allant même jusqu'à ratisser les buissons du jardin. Hélas, point d'Oliver.

Je réussis tout de même à glaner quelques infos sur mon fugitif : dix-neuf ans, adorable d'après les Derby Girls, et bassiste des Stats, un groupe de petits nouveaux sur la scène locale, qu'Emma décrit comme « le meilleur groupe du monde, si on aime le genre emo, rocker dépressif ». Ce qui est mon cas, je l'avoue.

Quand Pash et moi nous écroulons finalement à 5 h 33 sur le sol du salon, où nous partageons un maigre plaid et un coussin en guise d'oreiller, elle me demande toutes les cinq minutes si je lui en veux.

– Tu m'en veux ? Tu m'en veux d'avoir pris une cuite ?

– Non, dis-je d'un air moqueur, je t'en veux d'avoir pris une cuite sans moi.

– Je suis la pire des copines, gémit-elle.

– Pas faux, mais tu m'as probablement sauvée des griffes d'un canon qui m'aurait brisé le cœur vingt fois d'ici la fin de la semaine.

– Le rêve, murmure-t-elle en s'endormant.

– Oh que oui.

Je pousse un soupir et succombe moi aussi.

Overdose de rose

Quand Pash me ramène enfin chez moi, le lendemain matin, ou après-midi (allez savoir), j'ai dépassé le stade de l'épuisement. Le soleil pique comme l'eau d'une piscine saturée en chlore et je dois déployer des trésors d'énergie pour atteindre la porte d'entrée sur mes deux jambes. Je songe à ramper.

Tout ce que je veux, c'est prendre une douche, m'écrouler sur mon lit et dormir jusqu'à la fin des temps. D'abord parce que j'ai besoin de fermer les yeux, mais surtout parce que Oliver me rejoindra dans mes rêves (et je n'attends que ça).

Un pas dans ma chambre suffit à m'alerter : une force occulte s'oppose à mon oisiveté dominicale. Un tailleur rose est pendu à la porte du placard. Je répète : un tailleur rose est pendu à la porte du placard. Une veste cintrée rose et une jupe rose, rehaussée d'un trio de boutons en strass rose.

Le problème ? JE. NE. PORTE. PAS. DE. ROSE.

Le temps que mon estomac digère cette débauche de rose dans mon espace privé, Brooke apparaît dans l'encadrement de la porte, avec exactement le même tailleur.

– Ah, te voilà, pépie-t-elle. Je me demandais pourquoi tu traînais et j'allais justement appeler la mère de Pash. Nous ne devons pas être en retard.

– En retard ? dis-je, incapable de comprendre où elle veut en venir avec sa barbe à papa vestimentaire.

– Ne me dis pas que tu as oublié le brunch mère/fille pour le concours de Miss Bleuet ? s'exclame Brooke, le poing sur sa hanche rose.

Et merde ! J'étais tellement horrifiée par ce brunch mère/fille infernal que j'avais préféré l'oublier ? Cette abomination a lieu aujourd'hui ? Là, tout de suite ? Au moment même où j'ai tant besoin de sommeil et d'un moment d'intimité avec Oliver ? Mon Dieu, que t'ai-je fait ? T'es nul. Signé : Bliss. Je parviens à articuler :

– Je n'ai pas oublié.

– Bien. Tu n'avais vraiment rien à te mettre, alors je t'ai fait une petite surprise, dit Brooke en me tendant le tailleur rose. Il n'y a pas de quoi, ajoute-t-elle avant de sortir.

Parfois, j'ai l'impression d'être un second rôle dans son biopic. Le script a été rédigé bien avant mon arrivée et toutes mes tentatives pour dévier le cours de l'histoire sont superbement ignorées. Dans le rôle de la reine de beauté, je suis l'erreur de casting, mais

Brooke s'en moque. Le spectacle doit continuer, quoi qu'il arrive.

Suivant ce cheminement logique, je me retrouve une demi-heure plus tard dans le salon avec le tailleur rose sur le dos. (Je parie que d'ici une vingtaine d'années, quand je me trouverai dans le bureau d'un psy pour diagnostiquer un pétage de plombs intégral, tout partira de ce moment exact, qui me coûtera une petite fortune.)

Ah, et s'il y a des fans de rose dans l'assistance, ne le prenez pas mal. Comprenez-moi : il y a des filles tellement impressionnantes que le rose les rend encore plus cool (surtout associé à des collants à rayures noires et blanches, ou à un tour de cou décoré de têtes de mort). Sur ces grandes gueules indétrônables, le rose devient une provocation évidente qui sous-entend « même avec la couleur la plus nunuche, je suis cool à mourir, alors mieux vaut ne pas me chercher ». Mais moi, Bliss Cavendar, je ne fais pas partie de ce genre de filles. Je pourrais être couverte de tatouages, la moindre touche de rose me transformerait en pom-pom girl. Le noir est ma planche de salut.

Voilà pourquoi je hurle intérieurement en pénétrant dans le salon, dans mon costume de Barbie carriériste (non que Barbie ait une véritable profession). Brooke, triomphante, retient son souffle.

– Oh poussin-trésor, tu es belle comme un cœur. Pas vrai, Earl ?

Elle se tourne vers Earl, qui, lui, est dans son propre film. Dans cette scène, il a planté ses fesses devant la télé et garde les yeux rivés sur l'écran où les Cowboys de Dallas s'en donnent à cœur joie contre les Colts de Denver.

Je ne m'y connais pas en football américain, mais en voyant un joueur exécuter un placage acrobatique sur son adversaire, je ne peux m'empêcher d'éprouver du respect. Une Derby Girl digne de ce nom voudrait être capable d'en faire autant.

– Dément, ce placage !

Attendez un peu, j'ai dit ça à voix haute ? Et devant mes parents ? On rembobine et on efface tout. Je plaque une main sur ma bouche.

Trop tard. Earl se fige, se détourne leeentement de la télé et me dévisage.

– Depuis quand tu aimes le football ? demande-t-il d'un air soupçonneux, mais légèrement optimiste.

En trouvant un autre fan de foot dans sa maison, Earl aurait l'impression de toucher la cagnotte sans même avoir payé son billet de loterie. Comprenez-moi : j'adorerais qu'il gagne au loto, mais pas à mes dépens. Mieux vaut qu'il ne se fasse pas d'illusions.

– Euh, non, je n'aime pas le football, mais l'action était belle, dis-je en balbutiant.

– Bon, il est temps de filer si nous ne voulons pas être en retard, conclut Brooke avant que cette conversation n'atteigne des sommets d'incongruité.

Et nous voilà parties dans nos costumes mère/fille assortis. Et ne riez pas, ça n'a rien de drôle. Ça pourrait vous arriver aussi.

Où que vous vous trouviez et quoi que vous ayez fait par le passé (torturer un chat, ou autre), je ne vous souhaite pas de régler votre dette karmique par une sortie publique fringuée comme votre mère. Personne ne mérite ça.

Je suis obligée de me « mêler à » (c'est-à-dire « observer ») la foule et j'essaie de ne pas vomir en voyant ces binômes mère/fille identiques déambuler dans la « Grande Salle » du country club de Bodeen qui, malgré sa vulgarité, se donne des allures de grandeur.

Corbi et sa mère paradent dans la pièce comme des membres autoproclamés de la famille royale et tout le monde semble suspendu à leurs moindres faits et gestes. C'est répugnant.

Même mon échappée derrière le bol de punch échoue, lorsque nos duettistes s'avancent vers nous, tout sourire et la bouche pleine d'hypocrisies. Val et Brooke engagent une conversation polie (dissimulant leur envie mutuelle de s'étriper) pendant que Corbi me regarde de travers en me murmurant « crétine ». Quelle classe, cette Corbi !

Un peu plus tard, nous défilons dans un couloir où les organisateurs de Miss Bleuet ont installé une « galerie des participantes », ce qui signifie qu'ils ont pris les portraits de toutes les lauréates, les ont agrandis et posés sur des chevalets pour le plus grand plaisir de tous.

Et soudain, j'aperçois ma mère. La photo en noir en blanc format poster immortalise le couronnement de Brooke. Et devinez quoi ? En dépit de la mode douteuse des années 80 et de sa coiffure effrayante, c'était une fille superbe. Si l'on y pense, elle l'est toujours (ce que je ne fais pas, car son attitude insupportable m'en empêche). Je suis bluffée.

– Maman, dis-je dans un souffle, regarde-toi !

Elle soupire, un peu gênée.

– « Plus hauts sont les cheveux, plus on est près du bon Dieu », disait-on, à l'époque.

– Peu importe, t'es sacrément canon !

– Non. C'était il y a bien longtemps. Aujourd'hui, c'est ton tour et celui de Shania.

C'est franchement ahurissant. D'un côté, elle m'exhibe dans ce costume ridicule et je ne l'ai jamais autant haïe. De l'autre, elle me fait soudain de la peine. Comme si, d'un coup, il devenait évident que Brooke n'existe qu'à travers ses filles, car elle est mal dans sa peau. Et je me demande alors pourquoi, à seize ans, j'en ai conscience, tandis qu'à quarante cela lui échappe complètement.

Ce petit scénario a quelque chose de drôle, de bizarre, et d'agaçant, c'est vrai. Malgré ma rébellion, je sais qu'un jour, je quitterai Bodeen. Cette ville et ces concours de beauté ne seront plus qu'un mirage dans mon rétroviseur. Je serai libre. Mais Brooke restera ici, courant après les jours heureux de sa jeunesse.

L'évidence m'aveugle soudain, comme si on venait de braquer un projecteur sur une vérité restée dans l'ombre. Un jour, on réalise. Voilà ce qu'il se passe avec ma mère.

C'est si triste que j'en éclaterais presque en sanglots dans mon tailleur rose. Et durant le reste du brunch, je mets mon mécontentement et mes gestes d'agacement dans ma poche. Rien qu'un soupir exaspéré, un demi-sourcil levé, deux grognements excédés.

Cadeau bonus (en édition limitée), je n'aborde même pas mon sujet familial préféré : la certitude d'avoir été adoptée. Une preuve de bravoure en soi.

Pour effacer toute trace de rose et retrouver ma dignité, je décide le lendemain de porter ma pièce vintage favorite au lycée : un tee-shirt à l'effigie de Stryper, datant de 1984 environ.

Mais qui est Stryper, me demanderez-vous ? Rien que le pire groupe de heavy metal chrétien de l'histoire. Évidemment, je l'ignorais en achetant mon tee-shirt. J'avais simplement été renversée par l'allure faussement menaçante de ces quatre types, avec leurs choucroutes permanentées, leur maquillage dégoulinant et leurs pantalons fuseaux en Spandex à rayures noires et jaunes. Un désastre de mode d'une telle envergure que je n'ai pu faire autrement que de dépenser les quatre dollars qu'il coûtait. Je suis aux anges quand je le porte.

Sans rire. Si un jour vous vous ennuyez à mourir, que vous êtes déprimés, ou les deux, cherchez « Stryper » sur Google. Poilade garantie sur facture.

Et puis, je préfère les tee-shirts chinés en friperie à ces tops dits « vintage » qu'on vous vend quarante dollars chez Abercrombie. Non, c'est vrai. Ce genre de magasin propose du neuf. Ça n'est pas du snobisme. C'est un fait. Si c'est neuf, ça n'est pas vintage.

Grâce à mon tee-shirt Stryper, je suis de bonne humeur et Dieu sait que j'en ai besoin. Car Corbi commence à me gonfler sérieusement avec son numéro de garce. Chaque fois qu'elle passe devant Pash et moi dans le hall du bahut, elle nous sert son petit regard sournois en éclatant de rire avec ses copines, façon « évidemment, c'est de vous qu'on se moque, mais vous ne pouvez rien y faire ». Plus cliché, tu meurs. Est-ce le genre de truc qu'on apprend dans Greluche Magazine ? Ou peut-être dans les camps de vacances pour pom-pom girls ? La bave du crapaud n'atteint pas la blanche colombe, mais la patience de la colombe a ses limites. J'ai le droit de suivre mon parcours éducatif de seconde zone sans subir le harcèlement constant de Miss Normalité en Pull Rose, sous prétexte que je la dérange. Ne rien faire, c'est l'accepter.

Aussi, quand Pash et moi remontons le hall et que Corbi nous toise avec dédain, je n'ai d'autre choix que de répliquer. Je n'avais rien prévu, chorégraphié ou même répété, mais, en arrivant à sa hauteur, ma hanche semble s'animer d'elle-même et BAM ! j'envoie valser Corbi façon derby dans une rangée de casiers. Tout le couloir se tait, retient son souffle et Corbi s'effondre sans un mot sur le sol.

– Oups ! dis-je avec une bonne dose de sarcasme. Ce que je peux être empotée !

– Hééé, chouine finalement Corbi. Tu ne peux pas me faire ça !

– Euh, je crois pourtant qu'elle l'a fait, commente Pash.

Nous poursuivons joyeusement notre route avant de franchir les portes du lycée, bien décidées à profiter de notre après-midi de liberté à Bodeen.

Je tiens à remercier mon tee-shirt Stryper, sans qui rien n'eût été possible.

Par moments, Dieu me hait un peu moins

Au restau, Pash régale Le Moineau des détails de l'incident. Elle fait une reconstitution hilarante de la chute, en décomposant les mouvements et le spectre des expressions faciales de Corbi, qui est passée de garce-contente-d'elle à garce-incrédule et enfin à garce-humiliée.

Envoûté par la performance de Pash, Le Moineau semble soudain orienter son intérêt vers elle. Cool, parce qu'il commençait vraiment à me gonfler.

En regardant par la fenêtre, j'aperçois une voiture garée sur le parking. Vert pomme, datant des années 70, avec une rayure noire peinte sur le toit et… oh, puis qu'importe la voiture ! L'essentiel, c'est qu'Oliver soit appuyé sur l'aile.

Oliver ! Mon Sexy Boy, le rocker ténébreux qui flirtait avec moi l'autre soir, avant que mon amie nauséeuse mette un terme à notre échange romantique.

J'ouvre grand la bouche et je sens presque ma mâchoire inférieure toucher le sol. J'oscille entre l'envie de faire pipi et celle de vomir. Et pourtant, je n'ai jamais été aussi heureuse.

Il me fait un petit signe… le plus beau que j'aie vu de ma vie. Un signe qui sous-entend : « Je suis là et j'ai l'air un peu idiot, même si je sais que tu sais que je ne suis pas un idiot. » Comment peut-on tomber amoureuse de quelqu'un à sa façon d'agiter la main ? C'est pourtant ce qui m'arrive.

Des milliers de pensées me traversent l'esprit, comme le jus de fruits qui sillonne la paille d'une briquette, mais je reste calme. Pash fait claquer ses doigts sous mon nez.

– Tu as fini ton service. Je te couvre. File ! s'exclame-t-elle en me poussant vers la porte. Et tu as intérêt à m'appeler.

J'entends Le Moineau pester derrière moi :

– Alors quoi ? Ce type se pointe avec sa super voiture et on la laisse partir avec lui ?

– Ne triture pas ta cervelle de Moineau, réplique Pash.

– Mais il pourrait être dangereux !

– Justement. C'est tout l'intérêt, explique-t-elle.

Je l'adore.

Je quitte le Bistrot du Groin et avance vers Oliver. Durant les quelques secondes parfaitement interminables qu'il me faut pour traverser le parking, il ne me quitte pas des yeux. Je dois me concentrer pour ne pas trébucher, tomber, lâcher mon sac ou commettre toute autre bourde qui gâcherait l'instant, et j'en oublie de chercher quoi dire quand, enfin, je me trouve face à lui.

Mais je ne peux pas le regarder droit dans les yeux. Mon cœur tambourine trop fort. Je promène donc mes yeux sur son tee-shirt. La couture a lâché près de l'épaule, révélant une bribe de peau laiteuse et un grain de beauté. Je suis soudain prise d'une furieuse envie d'embrasser, de mordiller, d'effleurer du bout des lèvres cet irrésistible morceau de chair. Je veux l'envahir, y planter ma tente et vivre sur cet adorable petit grain de beauté.

Avant de perdre tous mes moyens, je préfère baisser les yeux vers ses chaussures. Du moins, j'essaie. Mais cet Oliver est un roublard. Il réussit à attirer mon regard et étouffe un rire qui signifie : « Ça pourrait être une drôle de coïncidence, mais ça n'en est pas vraiment une, car jamais personne n'atterrirait à Bodeen par hasard, mais faisons comme si. »

On se met à parler. Enfin, presque. Je sais : sur le papier, c'est l'échange le plus stupide de l'histoire des conversations, mais, si on lit entre les lignes, la communication est profonde.

OLIVER : Alors…

BLISS : Alors… [passe une mèche derrière son oreille comme une cruche]

OLIVER : Ben… [sourire irrésistible]

BLISS : Ouais.

OLIVER : Je… euh… [enfonce ses mains dans ses poches]

BLISS : Est-ce que… tu me suivrais par hasard ?

OLIVER : Non. Enfin, peut-être un peu. Ça t'embête ?

BLISS : Non, j'ai toujours rêvé d'avoir mon pervers personnel.

On éclate de rire, et c'est comme lorsqu'on entend sa blague préférée : il suffit que quelqu'un mentionne la chute pour que nous vienne un fou rire. C'est effrayant, mais tellement agréable.

Soudain, notre conversation prend une tournure plus directe.

– Tu portes un tee-shirt de Stryper ?! s'exclame-t-il, impressionné.

– Attends, dis-je d'un air sceptique. Ne fais pas semblant de connaître Stryper.

Non, franchement. Ce garçon est sexy, mais mon tee-shirt Stryper, c'est une *private joke* entre moi et moi. D'où sort ce type pour se taper l'incruste dans mon petit délire personnel ?

Il me regarde droit dans les yeux et reprend d'un air faussement intello :

– Stryper : années 80. Groupe de heavy metal chrétien. Leurs textes étaient mauvais et, à l'évidence, leur style vestimentaire est passé à la postérité uniquement pour satisfaire ton sens de l'ironie. Mais je tiens à dire que leur guitariste, Oz Fox… ce type savait gratter.

Il me sert un sourire de loup, ouvre la portière de la voiture et ajoute :

– En voiture, Miss Ironie.

À cet instant, je sais qu'on couchera ensemble. Pas ici ni maintenant, sur le parking du Bistrot du Groin (j'ai quand même de la tenue). Mais un de ces jours, c'est certain.

On a tous entendu des légendes urbaines de ce genre. Un type désarmant emmène une fille faire un tour en voiture : ça ne m'était jamais arrivé (un truc à barrer sur ma liste). Pour masquer mon dépucelage dans ce domaine, je fais l'inventaire de ce qui se trouve dans l'habitacle : CD éparpillés au sol, sachet de chips vide, myriade de médiators ainsi qu'une photo jaunissante de Siegfried & Roy, un duo de dompteurs de fauves assez connus, avec un faux autographe : « Oliver, on veut dompter le tigre en toi », coincé dans le pare-soleil du passager. Hilarant.

Oliver a monté le son de l'autoradio, d'où s'échappent du Voxtrot, du Be Your Own Pet, les premiers singles des Rolling Stones, des Kinks et des morceaux à peine sortis de l'usine à MP3 dont je n'ai encore jamais entendu parler.

Les vitres sont baissées et le vent ébouriffe mes cheveux. Je sais que je le paierai plus tard, mais pour l'instant, je m'en moque. Une balade dans sa voiture vaut largement trois heures de démêlage intensif.

Un CD attire mon regard comme un œuf de Pâques au milieu du jardin : celui des Stats.

– Tu me le prêtes ? dis-je d'un ton aussi détaché que possible.

Ma question est audacieuse. Bien sûr, je meurs d'envie de savoir à quoi ressemble sa musique, mais emprunter un CD veut aussi dire le rendre, ce qui signifie que nous devrons nous revoir. J'ai beau être novice en matière de relation amoureuse, je sais que pour qu'elle existe, il faut forcer le destin.

– Si tu veux. En revanche, si je le retrouve dans une poubelle, tu auras de mes nouvelles, grommelle-t-il en agitant le poing, comme un papy furieux.

J'éclate de rire, peut-être un peu trop fort, et jette un œil à sa veste à capuche, roulée en boule derrière le levier de vitesse. D'un gris foncé, elle porte des chiffres orange qui forment une sorte de code, « 3.585.000 ».

– C'est quoi ce nombre ?

Oliver paraît un peu gêné.

– Oh, c'est mon record à un jeu débile auquel on joue, avec les gars de mon groupe. Sans doute le flipper le plus stupide de l'univers, mais on est fans.

– Ça a l'air marrant. J'adore ce genre de délires.

– Vraiment ? Ça te dit d'essayer ?

Je hoche la tête et Oliver accélère.

Nous traversons les rues d'Austin en direction d'un quartier appelé Hyde Park, où toutes les maisons semblent dater du début du siècle précédent, c'est le rêve. Rien à voir avec les pavillons proprets de Bodeen.

On trouve une place guère plus grande qu'un timbre-poste devant le drugstore de Hyde Park. C'est une vraie relique, tout droit sortie des rediffusions de *Happy Days* que mon père me force à regarder quand il a le contrôle de la télécommande. Il y a une fontaine à sodas au fond de la salle, un comptoir bleu turquoise et, juste à côté, le corps du délit : un flipper nommé « Débandade ».

Oliver ne plaisantait pas. C'est le flipper le plus nul jamais conçu. Le thème graphique est un décor de western vieillot, avec des illustrations craignos de cow-boys, de buffles et de chevaux illuminés par des néons fluorescents. Après quelques parties, je ne comprends toujours pas la logique du jeu, mais la proximité d'Oliver qui s'appuie contre moi en guidant mes mains sur les boutons me ravit.

Un bon mouvement et la boule vient se loger dans l'emplacement gagnant. Un million de lumières s'allument, le flipper se met à vibrer tandis qu'un son imitant l'écho de milliers de sabots de chevaux retentit derrière une voix de cow-boy hurlant « Yiiiiiiihaaaaaaa ! C'est la débandaaade ! ».

Devant cette agression sonore insupportable, je résiste à l'envie de me cacher sous la table la plus proche.

– Oliver ! C'est le bruit le plus horrible que j'aie jamais entendu !

– Je sais, répond-il avec un rire diabolique. J'ai l'intention de la sampler pour un de nos morceaux.

Et comme ça, on perd deux bonnes heures à jouer à cette « Débandade » idiote, partie après partie, preuve s'il en faut de ce que je suis prête à endurer pour sentir les mains d'Oliver sur les miennes. Il me semble qu'à peine deux secondes se sont écoulées lorsque je réalise soudain que j'ai dix minutes pour rejoindre l'entraînement.

Quand Oliver me dépose devant La Bonbonnière, je suis tellement stressée que je bondis hors de la voiture comme une voleuse fuit la scène du crime. Je m'aperçois soudain que je ne lui ai même pas dit au revoir, aussi je fais demi-tour et me penche à la vitre ouverte.

– Euh, eh bien, merci de m'avoir déposée.

– Pas de souci, répond-il en me regardant.

Il fait plus que poser les yeux sur moi. Son regard est insistant. Pénétrant, même. Je sens mes nerfs se crisper et, avant que j'aie eu le temps de filer, ses lèvres écrasent les miennes. Certes, je ne suis pas une spécialiste du baiser, mais, lorsque quelqu'un d'aussi sexy qu'Oliver m'offre sa bouche, j'apprends vite. Je fais durer le baiser – long, traînant et doux comme le miel.

Jusqu'à ce qu'une main s'abatte violemment sur mes fesses et que la voix d'Emma retentisse :

– Eh, trouvez-vous une piaule ! lance-t-elle en éclatant de rire avec d'autres filles.

Oups. Dans le feu de l'action, je n'ai pas réalisé que nous étions peut-être un peu démonstratifs. Tant pis. Ce garçon vaut tellement le coup.

J'arrive à l'entraînement, encore ivre de mon véritable premier baiser (si on omet une tentative lamentable de « sortir » avec Jeremy, dit Germy, durant notre sortie scolaire à Sea World en cinquième, mais croyez-moi, mieux vaut passer cet épisode sous silence).

Étourdie, je finis par m'habiller de travers : ma genouillère droite finit sur mon bras gauche et ma coudière droite sur mon genou gauche. Un vrai danger public.

Les filles, hilares, s'en donnent à cœur joie tandis que je vire un peu plus cramoisie à chaque vanne. D'un point de vue extérieur, c'est sans doute très drôle.

Malice se précipite vers moi, lâchant d'un geste théâtral son sac et son short en tapon à côté des miens.

– Ruthless, s'écrie-elle. Qu'est-ce que je t'ai dit au sujet des rockers ?

– Quoi ? dis-je, complètement interloquée.

Aurais-je manqué un épisode ?

– Oliver Hastings, précise-t-elle, pour lever toute ambiguïté. Il est dans un groupe !

– Malice, intervient Emma, on est à Austin. Tout le monde fait partie d'un groupe.

– Oui, mais les Stats, c'est un vrai groupe. Un groupe qui a un avenir potentiel.

– Aucun problème, dis-je.

– Pour lui ! réplique Malice. Pour toi, ça reste à voir.

Je ne la connaissais pas aussi protectrice.

– Oliver n'est pas comme ça. Il est un peu neuneu, parfois, c'est adorable.

– Et voilà ! gémit Malice en regardant les autres.

– Dites donc, Miss Blasée, coupe Barbie Turique en levant les yeux au ciel, ça n'est pas parce qu'un type fait partie d'un groupe qu'il est forcément un connard fini.

– Oh vraiment ? s'emporte Malice en fusillant du regard ses vingt-quatre coéquipières juchées sur leurs patins. Que celles qui sont déjà sorties avec un musicos lèvent la main.

Toutes les mains se lèvent.

– Très bien. Lesquels d'entre eux n'étaient pas des connards finis ?

Tous les mains se baissent, sauf celle de Letha.

– Letha, aboie Malice, sortir avec le tromboniste de la fanfare de la fac ne compte pas !

Letha baisse la main et Malice croise les bras.

– C.Q.F.D.

– C'est ça, insiste Barbie. Tu veux me faire croire que si Jack White passait la porte en disant « Oh Malice, fais-moi vibrer » tu répondrais « Non, désolée, t'es dans un groupe ? ».

Tous les yeux se tournent vers Malice, qui semble craquer sous la perspective d'un rencard imaginaire avec M. White Stripes lui-même, le plus craquant de ses idoles.

– Bon, ça va, je le ferai vibrer. Mais pas question de passer mes soirées à photocopier les affiches de ses concerts.

– C.Q.F.D, conclut Barbie dans un fou rire général.

Même Malice esquisse un sourire, résignée. Elle me prend par les épaules et me souffle :

– Fais quand même attention à toi, OK ?

– D'acc, dis-je en hochant la tête.

J'ignore ce qui l'inquiète à ce point. Aucun des préjugés qui circulent sur les rockers ne s'applique à Oliver. Lui n'est pas comme les autres.

Honnêtement : si Oliver était Monsieur Sale Con, vous pensez vraiment qu'il aurait fait le déplacement jusqu'à Bodeen pour me voir ? Est-ce qu'il serait passé me prendre après l'entraînement pour me ramener chez moi ? J'en doute.

En regagnant Ploucville, USA, je réalise soudain que je préférerais être déposée au Bistrot plutôt qu'à la maison. Des mondanités du genre : « Parents, voici Oliver. Oliver, voici les parents. » mèneraient à un interrogatoire en règle que j'aime mieux éviter. Surtout ce soir. Tout est trop beau.

Mais en bon gentleman, Oliver insiste pour ne pas me laisser rentrer seule le soir. J'ai beau lui dire que les seuls crimes de Bodeen sont commis contre le bon goût, il ne veut rien savoir :

– Tout le monde sait que les meurtres les plus chelous se produisent dans les petites villes. Je garde l'œil sur toi.

Et comme il s'engage dans ma rue, je lui demande de s'arrêter devant la maison des Gunderson, un couple de retraités qui éteignent les feux à sept heures du soir. Ils ne remarqueront pas notre présence.

Oliver immobilise la voiture et me jette un regard détaché.

– Bon, eh bien, à plus, lance-t-il d'un air moqueur.

– C'est ça, à plus, dis-je sans bouger.

– Allez, ouste, renchérit-il en coupant le contact.

– Je suis déjà partie, j'ajoute en attrapant ses clés.

En silence, on se regarde, puis, comme répondant à un même signal, on se jette l'un sur l'autre. Et ça n'est pas du flirt de sixième, c'est du vrai flirt. Il fait glisser ses mains sur mes épaules, puis trèèès lentement le long de mes bras avant d'atteindre mes poignets. Me plaquant contre mon siège, il me regarde dans les yeux et, tranquillement, promène ses lèvres de ma clavicule jusqu'à mon oreille.

Cette sensation électrisante m'envoie des frissons jusque dans les baskets et, bien que techniquement tout cela n'aille pas très loin, on est définitivement dans une scène interdite au moins de douze ans. Peut-être même seize. Dans ma tête, en tout cas.

Quelques minutes plus tard, quand la voiture d'Oliver fait une marche arrière dans l'allée et que je lui adresse mollement un signe depuis le perron des Gunderson (censé être le mien), une pensée clignote dans ma tête en lettres de néon géantes.

JE.

LE.

VEUX.

Musique, Maestro !

Comme un voleur dans un vieux film, je m'introduis subrepticement chez moi et regagne mes quartiers sur la pointe des pieds. Mes talents d'actrice ne suffiront pas à dissimuler les braises encore bien visibles du baiser incendiaire d'Oliver, or je suis censée revenir de mon « groupe de révisions » pour le bac.

Au loin, j'entends Brooke (sans doute avec Shania) regarder *Top Model America*, à l'autre bout du salon. Je me glisse donc dans ma chambre sans être repérée. J'enjambe la sempiternelle pile de vêtements sur le plancher pour m'approcher de la stéréo, et sors le CD des Stats de mon sac, comme s'il s'agissait d'une pierre précieuse ramenée d'une lointaine contrée. Je l'introduis dans le lecteur, branche le casque et monte le volume.

Durant ce petit sursaut silencieux qui précède les premières notes, je suis prise de panique. Et si le groupe d'Oliver était totalement nul ? Mes sentiments évoluent, et avec eux la certitude que je vais adorer son groupe. Et si ça n'était pas le cas ? Et si c'était une atrocité Disneyifiée, créée par des machines de laboratoire et diffusée dans les centres commerciaux à l'usage de greluches qui ne distingueraient pas la bonne musique de la daube qu'on leur sert quotidiennement.

La musique c'est presque ma religion. Impossible de vénérer un truc qui me file la nausée. Ça, pas question. D'un autre côté, Oliver embrasse comme un dieu. OK, on pourrait flirter, mais je ne tomberais pas amoureuse.

Le disque démarre, et Dieu merci, la musique n'a rien d'atroce. Les Stats sont même plutôt bons. Habituellement, j'ai horreur de décrire les groupes que j'écoute, parce que j'ai toujours l'impression de répéter la même chose et de ne pas leur rendre justice. Quel est l'intérêt, d'ailleurs ? Cet art possède son propre langage.

Mais histoire de vous faire partager, je déroge à la règle : les Stats, c'est une version minimaliste du garage rock classique, avec quelques riffs de guitare accrocheurs et quelques touches de mélodies plus légères ici et là. Sans être gnangnan, ils évitent le bourrin à tout prix. J'y vois quatre-vingt-quatre pour cent de son « brouillon » et seize pour cent de naïveté désarmante.

Le sixième morceau interpelle mon oreille d'obsédée du rock. Un titre absolument dément intitulé : *If We Kill Ourselves, Can We Still Hang Out ?*

Les paroles décrivent un pauvre type, qui veut en finir avec la vie. Il rencontre une fille tout aussi paumée et ils projettent de se suicider ensemble. Mais pendant qu'ils crient leur haine du monde en préparant leurs funérailles, le type tombe amoureux de la fille. Le tout agrémenté de quelques solos de basse. Un pur moment d'ironie, bruyant, hilarant, mais la dernière phrase remet le tout en perspective :

La vie n'a jamais été aussi belle qu'en imaginant mourir avec toi.

Parcourue de frissons, je lui décerne aussitôt la première place de mon top 50 personnel et reste éveillée une bonne partie de la nuit à l'écouter une centaine de fois, preuve de ma nouvelle addiction.

J'étudie la pochette artisanale des Stats. Le groupe débute encore : aucun livret ou parole de chansons. Au recto, un cliché Polaroid montre Oliver posant avec ses trois potes sur un vieux sofa, chargé à l'arrière d'un camion. Excellent.

Au verso, je lis les crédits. Parmi les quelques noms cités un seul me saute aux yeux : OLIVER HASTINGS : basse.

Oliver Hastings : basse, Oliver Hastings : basse, Oliver Hastings : basse, Oliver Hastings : basse.

Le lycée pourrait-il être plus barbant ?
Réponse : non.

Pash et moi sommes en cours de sciences éco. M. Smiley nous barbe avec ses histoires de politique économique de l'offre et, disons-le, je m'endors. La tête appuyée sur le bureau, le filet de bave à la commissure des lèvres : voilà ce qui arrive quand j'approche de l'épuisement. Je ne ronfle pas, mais je bave sec, même si dans l'intimité de ma chambre, ce détail scabreux reste habituellement confidentiel.

M. Smiley nous assène trois arguments : exposé à rendre/travail en binôme/« vieux motard que jamais » (sa façon de nous expliquer qu'il serait temps de nous y mettre).

– C'est de toi qu'il parle, limace, me souffle Pash.

– Tu sais que je suis une adepte de la procrastination, dis-je sans lever la tête de la table. Mais je vais me motiver.

Je me passerais volontiers de ce regard accusateur que je sens sur ma nuque, mais je ferme les yeux. Pour qui se prend-elle, après tout ? Ces derniers temps, elle n'est plus la seule à rafler les bonnes notes.

Et puis, pour l'instant, la seule urgence est de lui faire découvrir les Stats. Il serait égoïste de garder la musique d'Oliver pour moi.

– Tiens, dis-je en lui tendant l'un des écouteurs de mon iPod. C'est pas la meilleure chanson du monde ?

Avant qu'elle ait pu profiter de ce titre en or, une surveillante entre dans la salle et donne un papier à M. Smiley. Il lit la missive et l'agite dans ma direction.

– Tournesol, tu as un rencard avec le destin, me lance notre Yoda avant de me remettre le billet et de me pousser vers la porte.

Je me dirige vers le secrétariat, où je présente mon papier jaune. Très vite, on m'introduit façon VIP dans le bureau de Mlle Meyers, notre conseillère d'orientation et d'éducation, qui n'oriente nulle part et ne conseille rien. Ça n'est pas faute d'essayer.

Mlle Meyers croit beaucoup aux formules toutes faites. Sa préférée, « En butinant, l'abeille construit la ruche », s'illustre de manière sonore, par un « bzzz » qu'elle appuie au milieu de la phrase, et visuelle, en montrant l'un de ses bijoux en forme d'abeille qu'elle porte constamment. Exemple : je traverse innocemment le couloir, tâchant de ne pas me faire remarquer, quand Mlle Meyers me repère sur son radar.

– Bonjour, Bliss. Comment vas-tu ? demande-t-elle.

– Très bien, Mademoiselle Meyers, répondé-je.

– Parfait. Et n'oublie pas, Bliss : en butinant – bzzz –, l'abeille (elle désigne sa bague en forme d'abeille) construit sa ruche.

On dirait un gimmick développé dans une vie antérieure, où elle devait être animatrice-psychologue sur une émission à petit budget pour les moins de six ans. À mon avis, son créneau a dû être supprimé des programmes et, grâce au miracle de la reconversion professionnelle, elle vend maintenant son charabia aux lycéens. Fallait que ça tombe sur nous.

Cette femme est une vitrine ambulante de babioles apiformes. Elle a toute la collection : les bagues, les broches, les boucles d'oreilles, les colliers et, parfois, elle les porte tous en même temps. Aujourd'hui, elle fait preuve de beaucoup de sobriété et se contente d'une broche scintillante en forme d'abeille fixée près de son épaule. Ses ailes incrustées de strass sont déployées, comme si l'insecte était entré par la fenêtre avant de se poser sur elle. En termes de mauvais goût, on touche le haut du panier. Je serais presque admirative si Mlle Meyers me tapait moins sur les nerfs.

Elle paaaaaarle leeen-teuh-meeent, en a-cc-en-tuant chaque syllabe. Et c'est le genre de conseillère d'éducation qui tapisse son bureau de posters à messages. Avec des slogans hyper-positifs, qui respirent la joie de vivre, pour mieux éloigner les ados de la drogue et des grossesses non désirées. Franchement, ces affiches sont tellement idiotes, que je serais tentée de me faire engrosser, de virer junkie et d'infiltrer un gang juste par esprit de contradiction.

Mlle Meyers cherche toujours à nous faire découvrir quelque chose sur nous-mêmes dès qu'on passe le pied dans son bureau. Elle obtient rarement des résultats, mais je dois avouer que j'ai découvert quelque chose aujourd'hui. J'ai appris que rien ne me file davantage la nausée que de m'introduire dans son bureau et d'y trouver mes parents.

Eh oui. J'ouvre la porte et qui vois-je ? Brooke et Earl Cavendar, côte à côte.

Bon sang de bon… Qui leur a envoyé une invitation ? J'ignore pourquoi je suis convoquée chez Mlle Meyers, mais quelle qu'en soit la raison, aucun besoin de mêler les parents à ça. Maman, Papa, retournez gentiment à votre voiture et oubliez que vous êtes venus. Mlle Meyers et moi pouvons très bien régler ça toutes seules.

Si seulement. Je remarque que ma mère a forcé sur le maquillage, ce qui n'est jamais bon signe. C'est vrai, elle y va généralement à la truelle et le seuil d'alerte est difficilement repérable pour les novices. Mais moi je m'y connais. Plus elle est stressée ou furieuse et plus elle en tartine.

« On ne se lance jamais dans la bataille sans armure », aime-t-elle répéter.

Mlle Meyers me regarde avec un sourire.

– Bonjouuur, Bliss. Entre et aaassieeeeds-toi.

Mais Brooke saute les préliminaires. Sous ses cils démentiels, son regard est meurtrier.

– Bliss Cavendar, dis-moi que tu n'as pas poussé Corbi Booth contre un casier hier, souffle-t-elle.

– Ah, ça…

Évidemment, j'aurais dû m'en douter. Avant que j'aie pu m'expliquer, Mlle Meyers croise les mains sur son bureau et déclare :

– Corbi a un énorme bleu sur la jambe.

– Et les pom-pom girls doivent soutenir notre équipe, ce soir ! se lamente ma mère.

On croirait que l'ecchymose de Corbi Booth sonne le glas des pom-pom girls et que les dieux vont lui tomber sur la tête pour avoir engendré l'enfant qui en est la cause. N'importe quoi. Je propose :

– Annulez le match.

– Bliss Cavendar ! s'emporte Brooke qui bondit presque de sa chaise.

Là, la moutarde commence vraiment à me monter au nez. Ma propre mère se fiche complètement de ma version des faits. Tout ce qui l'intéresse, c'est Corbi.

– Écoutez, je sais que pour votre petite communauté, Corbi est l'incarnation de l'ado idéale, mais autant vous le dire : dès que vous avez le dos tourné, c'est une peste. Et je n'ai plus l'intention de me laisser faire.

Mlle Meyers penche la tête de côté, gardant une intonation insupportablement calme.

– Bliss, la colère est un sentiment nooormaaaal. Ce qui m'iiinquièèèète, c'est la façon dont tu la gères.

Babe Ruthless prend les commandes et avant d'avoir pu m'en empêcher, je lâche :

– Je crois qu'elle s'est gérée toute seule.

Earl le Muet se met à rire, ce qui m'indique que malgré l'apparente unité parentale, mon père est peut-être de mon côté (hip, hip, hourra !). Mais Brooke le fait taire avec un regard assassin.

Finalement, il semble que Mlle Meyers ne soit pas qualifiée pour affronter la dure réalité des pestes qui terrorisent le lycée et des plantes vertes qui décident un jour de se rebeller. Elle conclut donc rapidement l'entrevue. Je promets d'être moins maladroite et Mlle Meyers me rappelle qu'en butinant – bzzz –, l'abeille construit sa ruche, avant de me renvoyer en cours.

Froc'and'roll

Suite au déshonneur que l'affaire du Corbi-gate a jeté sur toute ma famille (c'est-à-dire sur Brooke et rien que sur Brooke), je suis tenue de faire acte de pénitence pour éviter un nouveau pétage de plombs maternel. Voilà pourquoi je me trouve actuellement chez « Clara Couture », à faire des essayages pour ma robe de Miss Bleuet, au lieu de traîner avec Oliver. Bonjour la torture.

Attention : j'adore le sur-mesure. Du moins, je l'adorerais à Paris, à Milan ou dans toute autre capitale de la mode. À Bodeen, Texas, le style est loin de régner en maître.

Surtout, n'allez pas le répéter à Clara. Pour les bals de promo ou les mariages, toute la région ne jure que par elle. Quant aux robes qu'elle crée pour les concours de beauté ? Elles sont légendaires.

– Les concours de beauté servent de toile à l'expression de mon art, dit Clara.

Et pour l'instant, j'ai sur le dos la version 1.0 de ce qui, dans six semaines, me « garantira » d'être dans le top 3. Le jupon est tellement énorme qu'il pourrait bâcher une petite auto. Brooke se tient derrière moi, tirant et ajustant la mousseline tandis que Clara place les épingles.

– Oh Clara, soupire Brooke en inclinant la tête face au miroir, ce modèle est ravissant.

Ma technique de survie consiste à m'isoler dans ma tête, en pensant à Oliver. Et à ce baiser, parfaitement dingue, dans sa voiture, avec ses mains serrant mes poignets. Il n'a pas quitté mon esprit – pas une seule seconde – depuis l'autre soir. En cours, en mordillant mon crayon, je le sens m'embrasser. En faisant la queue, à la cantine, je le revois m'embrasser. Et tandis que j'essaie cette robe de concours, j'ai le goût de son baiser.

– Si on pouvait juste la resserrer à la taille, reprend Brooke en comprimant le tissu si fort que mes côtes sont à l'agonie.

– Maman ! dis-je, tirée de ma rêverie. Je ne peux plus respirer !

– Mais si ! Il ne manque plus que…

Ignorant mon besoin pressant d'oxygène, elle sort de nulle part une paire de coussinets en silicone et les fourre dans le décolleté de mon bustier. Je suis mor-ti-fiée.

– Maman ! On frise l'attentat à la pudeur, là.

– C'est pour la bonne cause.

La bonne cause ? Comment ça, la bonne cause ? Aurait-elle prévu de donner ma couronne de Miss

Bleuet aux victimes de catastrophes naturelles ? À vous tous, frappés par cette horrible tempête qui a détruit vos vies, vos foyers, etc., voici ma modeste contribution : un diadème serti de strass, pour vous aider à remonter la pente. La bonne cause, tu parles.

J'aperçois soudain mon reflet. La robe est tellement serrée à la taille que ma poitrine semble gonflée à l'hélium. On m'a transformée en Barbie contre mon gré.

– Pas question, dis-je d'un ton décidé. Je ne porterai pas de faux seins.

– Oh, canard en sucre. Tes petites pépites sont adorables – dans la vraie vie. Mais ça n'est pas la vraie vie. C'est Miss Bleuet, il nous faut sortir le grand numéro.

Non mais vous le croyez, vous ? Non seulement elle me pelote en public, mais elle vient de traiter mes seins de « petites pépites ». Charmant.

Profites-en, Shania. Toi qui cours dans la pièce en agitant ta baguette de fée en plastique. Un jour, ce sera ton tour.

Environ une heure plus tard, notre petit groupe d'amour se dirige vers le supermarché pour régler le problème des courses. Nous tombons nez à nez avec Corbi et Val. Super. Génial.

– Mais qui voilà ! s'exclame Val au détour d'un rayon, le panier à provisions au bras. Comment allez-vous, les filles ?

Val a un don pour que même les phrases les plus amicales paraissent meurtrières.

– Oh, nous sommes débordées, claironne Brooke, nous sortons de chez Clara, pour les essayages de Bliss.

Les échanges compétitifs sous-jacents dans ces mondanités sucrées prennent soudain une nouvelle tournure.

– Oh, vous vous servez toujours chez Clara... Comme c'est mignon ! Nous rentrons juste de Houston, pour la robe de Corbi.

L'esprit de Brooke semble avoir des ratés. Je suis certaine que l'idée de la grande ville ne l'avait même jamais effleurée.

– Quoi ? Clara ne fait pas la robe de Corbi ?

– Oh, Brooke, soupire Val. Clara est formidable, pour Bodeen. Mais nous voyons plus loin que les petits concours de Miss. Le mannequinat, le cinéma, la musique et même la télé. Un agent réputé a vu Corbi à Houston et, d'après lui, Corbi pourrait avoir son propre « Real World » sur MTV. C'est une vraie star en herbe.

– Ça alors ! C'est fantastique.

– Exactement, trompette Val. Bon, eh bien bonnes courses, les filles !

– Bonnes courses, répond Brooke avec un sourire qui dissimule mal sa déconfiture.

Lorsque nos deux pimbêches disparaissent au détour d'un rayon, Brooke se tourne vers moi, le regard soudain angoissé.

– Bliss ? Qu'est-ce que c'est que ce « Real World », demande-t-elle comme une prépubère pressée de dénicher la dernière marque à la mode pour rester dans le coup.

Voilà donc à quoi ressemble ma vie : j'en suis réduite à expliquer à ma mère en quoi consiste une émission de MTV, où l'on suit les tribulations d'une bande de greluches trop gâtées qui passent leur temps à se piquer mutuellement leurs copains… Je préférerais éviter d'être le manuel de survie culturel de ma mère, mais mieux vaut lui donner rapidement une réponse, avant qu'elle n'en fasse une maladie. Je hausse donc les épaules, et réponds avec un aplomb démesuré :

– « The Real World », c'est une émission qui montre des adolescents hyper-intelligents, cultivés et brillants, qui font de leur mieux pour créer un monde meilleur.

– Eh bien, réplique-t-elle, si Corbi peut y participer, tu le peux aussi ! Il va falloir se mettre au boulot, Bliss.

Son détecteur d'ironie est apparemment en panne.

Le grand O

Lorsque je revois enfin Oliver, j'ai l'impression qu'une ère géologique s'est écoulée, même si, en réalité, ça ne fait que quarante-huit heures. Je suis accro, il me faut ma dose.

L'autre soir, chez Pash, je discutais avec lui par PC interposés quand elle m'a éteint son ordinateur au nez, parce qu'elle avait du travail, elle. Non, mais je vous jure…

Avant cette interruption intempestive, Oliver et moi avons décidé de nous voir le lendemain. Il passera me prendre au Bistrot du Groin à midi, et nous irons nous balader à Austin. Difficile de quitter en douce le lycée à onze heures sans éveiller les soupçons de l'administration qui avertirait aussitôt ma mère, je résous donc de sécher les cours toute la journée, histoire de tirer parti de ce rendez-vous au maximum. Il me suffira d'avoir un mot d'absence pour le lendemain, et mes talents de faussaires restent trop souvent inexploités. J'aime autant éviter la convocation des parents au secrétariat, j'ai eu ma dose.

Quand j'informe Pash de mon projet, elle me jette son fameux regard. Elle commence par me faire les gros yeux, puis les écarquille, tout excitée. Elle maîtrise vraiment cette mimique.

– Oliver n'aurait pas de copain célibataire, par hasard ? demande-t-elle.

Elle n'est qu'à moitié sérieuse, mais sa question me gêne.

– Euh, peut-être…

Sans vouloir me montrer égoïste, je préférerais passer ma journée de sèche seule avec lui. Rien que cette fois-ci. Évidemment, je ne dis rien, espérant simplement qu'elle saura s'effacer.

– Oh, laisse tomber, reprend-elle. Je n'ai aucune envie de tenir la chandelle. Mais, s'il te présente quelqu'un susceptible de me plaire…

– Sans problème.

Pour tuer le temps avant l'arrivée d'Oliver sur son destrier blanc, je traîne au Bistrot, à feuilleter des magazines, l'iPod vissé sur les oreilles. Le Moineau me jette un regard qui sous-entend : « Pourquoi tu n'es pas au lycée ? » Mon regard lui répond : « Mêle-toi de tes oignons et retourne à ton job de responsable. »

J'ai une certaine affection pour le piaf, mais il a le don agaçant d'encourager la rébellion, puis de changer d'avis s'il ne fait pas partie du mouvement. Désolé, Moineau, mais tu n'es pas invité à mon rendez-vous. Tu t'en remettras.

12 h 37 : Oliver fait son entrée, adorable avec sa coiffure saut du lit.

– Je suis en retard ? demande-t-il.

– Non, dis-je, préférant mentir.

– Cool.

Il m'ouvre la porte depuis son siège et je grimpe.

– Je meurs de faim, déclare-t-il. Et toi ?

– Pareil, mais je te déconseille le Bistrot du Groin.

Je scrute la grille d'aération. Impossible de le regarder sans perdre mes moyens. Il va falloir que j'y travaille.

– T'inquiètes, j'ai tout prévu, explique-t-il en quittant Bodeen.

J'adore quand il conduit. Il garde les yeux fixés sur la route, et je peux l'observer à la dérobée.

À Austin, nous optons pour un restau mexicain aussi délicieux qu'abordable. Assis sur le trottoir, on jette quelques morceaux de viande à des oiseaux noirs et voraces qui ressemblent, en plus chics et en plus sympathiques, à des pigeons. Une fois le ventre plein, je donne un coup de coude à Oliver.

– On va faire un tour chez un disquaire ?

– Un disquaire ? répète-t-il en se grattant exagérément le menton. Hmm, ça me va !

Il m'emmène chez « Waterloo », l'endroit rêvé pour faire ses emplettes musicales. En passant la porte, Oliver secoue la tête.

– Acheter de la musique en ligne, c'est sordide. Dénicher l'objet chez un bon disquaire indé, il n'y a que ça de vrai.

Les murs de la boutique sont tapissés d'affiches de concert et les mélomanes font leur sélection dans un silence religieux. Oliver adresse un signe de tête au vendeur roux et gras, un rien répugnant, mais carrément sympa.

– Quoi de neuf, Oliver ? demande Bouboule.

– Pas granch', répond Oliver.

Nous nous séparons, écumant des sections différentes. Lorsque nous nous croisons, il me frôle, glisse son doigt dans le passant de mon jean avant de m'attirer à lui en soufflant « sexy » à mon oreille et de disparaître derrière le bac à vinyles.

Je suis tellement perturbée qu'il me faut quelques secondes pour réaliser que je tiens entre les mains la dernière atrocité d'Ashlee Simpson. Je la repose rapidement et attrape un CD des Dead Boys, histoire de reprendre mes marques.

Chez Waterloo, tout un pan de mur est occupé par des bornes d'écoute, de vieilles cabines téléphoniques, comme on en voit dans les films des années 80. On peut s'y enfermer et découvrir quelques extraits avant de se décider. Ou encore – comme moi – s'y glisser avec le garçon pour qui on a séché les cours, faire semblant d'écouter le dernier Bright Eyes et échanger quelques baisers volés.

– On se tire ? propose finalement Oliver.
– Absolument.
Et pourtant, je n'ai aucune idée de la destination.

Ciné Pelotage Paradiso

Oliver gare la voiture à deux rues du campus universitaire et me fait faire le tour du propriétaire. Et c'est ce qui commence à me plaire chez ce garçon : il est partout chez lui. Et quand je suis avec lui, je suis chez moi aussi. C'est mon passeport pour quitter Bodeen.

Nous finissons à la cinémathèque Hogg, où tous les étudiants en cinéma passent leurs journées à regarder de vieux films d'auteur obscurs, et l'entrée ne coûte que deux dollars. Dans la salle principale, on projette *À Bout de Souffle*, un film de Godard en noir et blanc. Oliver et moi nous faufilons entre les fauteuils quinze minutes après le début de la séance et nous pelotons le reste du film. Du moins, jusqu'à ce que mon manque de confiance en moi fiche tout par terre.

Voyez-vous, je ne suis pas la fille la plus expérimentée au monde, et il était prévu que je commette une, deux (ou cinquante) bourdes. Comme aujourd'hui. Oliver et moi sommes lancés dans un marathon de baisers enflammés (bien) quand je m'aperçois soudain que j'ai oublié de me raser la jambe droite ce matin (pas bien). Vous vous demandez sans doute : quel genre de débile mentale oublie de se raser UNE jambe ? Croyez-moi : si j'avais la réponse, j'aurais deux gambettes douces et lisses et continuerais à m'occuper avec ce beau gosse sans me poser de question.

Mais hélas, mes gènes ont décidé de me gâcher la vie. Je suis si étourdie que j'en oublie parfois d'accomplir mes tâches quotidiennes, comme de m'épiler les DEUX jambes.

Et comme la providence m'en veut, Oliver essaie constamment de toucher ma jambe droite, que je dégage aussitôt, préférant lui épargner la sensation du cactus qui me sert de cuisse. Mais sa main a une volonté propre : plus je recule ma jambe, plus elle cherche à l'atteindre. Et ainsi de suite, jusqu'à ce que je me retrouve au bord du siège.

– Quel est le problème ? souffle-t-il enfin, un peu agacé.

– Rien.

– Comment ça, rien ? Tu as les fesses dans le vide, réplique-t-il en m'observant, tandis que je suis accroupie à cinq centimètres du sol poisseux.

Je cherche une excuse valable, mais tout ce que je trouve à dire, c'est :

– Euh, eh bien, je n'ai pas très envie qu'on me touche la jambe, là, tout de suite.

– Ah, répond Oliver avant d'ajouter après un silence embarrassé : Écoute, si tu n'as pas envie, je ne veux pas te forcer. Pas besoin de flipper et de t'asseoir par terre.

Oliver se redresse et retire son bras de mes épaules. Aussitôt, j'ai l'impression qu'on m'a jetée au milieu d'une tempête de neige sans manteau. Je suis glacée. Curieux de voir à quelle vitesse on s'habitue à la proximité de quelqu'un.

J'essayais simplement de ne pas le répugner avec ma jambe de yéti, et maintenant il pense que je le rejette. Dépitée, mon cœur bat à tout rompre dans le silence de la salle et je marmonne finalement :

– Tu me plais beaucoup, c'est juste que je n'ai pas épilé ma jambe droite et je ne voulais pas te dégoûter.

Il se fige et me dévisage.

– Hein ?

– Tu m'as bien comprise. J'ai oublié de m'épiler. J'ai une jambe de Chewbacca.

– Tu as oublié d'épiler UNE jambe ? s'exclame-t-il en riant. T'es un sacré numéro, toi.

– Désolée, c'est dégoûtant, je sais, dis-je tandis qu'il passe la main sur ma jambe.

– Oh, ça pique ! Si ma main me chatouille, je me gratterai sur ta jambe.

Même dans l'obscurité, j'arrive à distinguer le sourire dans sa voix. J'adore ça.

J'aime qu'il se moque de moi, car ça n'est pas méchant. Je décide que c'est un trait de caractère essentiel chez un garçon avec qui on flirte et plus si affinités.

J'ignorais totalement qu'un type pouvait être aussi tolérant vis-à-vis d'une fille poilue. Je l'imaginais déjà filer vers la sortie, pris de nausées. C'est juste Oliver, ou sont-ils tous aussi cool ? Bizarre : personne ne vous dit jamais ces choses-là.

Ah, et histoire de ne pas passer pour une cruche, je recommande chaudement *À Bout de souffle*, qui est probablement l'un des meilleurs films de la nouvelle vague. Difficile de vous résumer le scénario (j'étais un peu distraite), mais il se déroule à Paris et les fringues de style mods sont à tomber. Si vous en avez l'occasion, c'est à voir rien que pour l'orgasme vestimentaire.

Ça balance pas mal au derby

Côté roller derby, je suis fière d'annoncer que depuis notre défaite face aux Sirènes hurlantes, nous demeurons invaincues. Nous avons gagné contre les Bombes glacées, les Veuves noires, les Filles de l'air et, ce soir, nous avons notre revanche contre les Sirènes.

Entre notre défense de fer, Malice au Pays des Merveilles et Emma Tamor, et les attaquantes impitoyables, Barbie Turique et Babe Ruthless (ça, c'est moi !), ces filles-flics se prennent la raclée du siècle. Quand je me propulse grâce à la jambe interminable d'Emma pour marquer quatre points supplémentaires, Blade exécute une danse tribale.

– Garde ça pour la fête ! lui lance Juanita Bandita depuis la piste, tandis que quelques filles embarrassées lui balancent des bouteilles d'eau vides.

Mais rien n'arrête Blade. Ce type est un Fred Astaire de supermarché. Personnellement, j'affectionne ses chorégraphies aussi spontanées que catastrophiques. Vous imaginez un entraîneur, de n'importe quel autre sport, faire un solo de *Danse des canards* à l'intérieur de l'ovale ? Non, on ne voit ça qu'au roller derby, les amis.

J'aurais aimé que Pash assiste à ça. Elle s'est barricadée à Bodeen pour boucler un projet scientifique trop complexe pour un esprit aussi simplet que le mien. Mais si elle s'apprête à mettre au point un vaccin contre le cancer, je ne peux pas vraiment lui en vouloir.

D'ailleurs, quand mes camarades investissent un bar après le match, les meilleurs moments consistent en une pléiade de *private jokes* et de références au derby. Je doute que Pash puisse comprendre. Ces filles font définitivement partie de ma famille.

Enfin, toutes, sauf Dinah Mite, qui refuse clairement d'intégrer mon fan-club. Elle me hait plus que jamais. Et pour arranger le tout, notre équipe doit affronter les Roulettes russes. Et il n'est question que du « duel au sommet » entre elle et moi. Super. Comme si j'avais besoin de ça.

Plus j'essaie d'être en bons termes avec Dinah, plus je la sens prête à m'assassiner. Je vous jure, je ne suis pas parano. La semaine dernière, nous nous sommes toutes retrouvées sur la piste pour une mêlée. Je lui adresse un signe de tête respectueux, ainsi qu'un sourire amical. Au moment où le sifflet retentit, elle me lance un regard meurtrier en soufflant :

– Tu peux lécher mes patins, espèce de bleue.

C'est sa nouvelle tactique. Quoi que je fasse, quelle que soit ma vitesse, ou le nombre de fois qu'Atom Bomb mentionne mon nom dans les commentaires, pour elle, je suis invisible. Comme si elle était même incapable de se rappeler mon nom.

Il y a là quelque chose de stupide, d'immature, à la Corbi (dans un genre et un sport différents), mais je mentirais si je disais que ça m'est égal. Corbi n'est qu'une imbécile de pom-pom girl superficielle, dont je me fiche complètement sur le long terme. Dinah, en revanche, est une incroyable patineuse, la star de la fédération et celle qui m'a donné l'envie de faire du derby. J'aimerais bien qu'elle reconnaisse officiellement mon existence. Et je ne peux m'en plaindre à personne. Dinah est sacrée. Tout le monde la vénère.

Mais j'ai moi aussi mon petit succès. Ce soir, nous sommes réparties entre les cinq box du restau. Arma Geddon, des Filles de l'air, monte sur une table, un rouleau de papier à la main.

– Hé les pipelettes, fermez vos clapets cinq secondes ! J'ai une annonce à faire. Étant votre attachée de presse et graphiste adorée, j'ai le plaisir de vous présenter ma dernière affiche pour la prochaine rencontre.

Je la regarde dérouler le poster, qui est une fois de plus une réussite graphique. Comme toujours, l'image retravaillée est plus que cool, mais quelque chose cloche. La fille sur l'affiche… ses bras, ses jambes me paraissent familiers et puis… Merde ! Ça n'est pas Dinah sur la photo. C'est moi !!!

Sous un tonnerre d'applaudissements, Malice me balance un oignon frit.

– Bien joué, demi-portion ! me crie-t-elle.

J'aimerais vous dire que je savoure le moment, que je me fais ma mini-ola intérieure pour m'autocongratuler, mais deux choses m'en empêchent.

1/ Du coin de l'œil, j'aperçois Dinah à la table voisine qui manque de s'étouffer avec une frite en voyant le poster. J'ai la certitude qu'elle va tenter de m'assassiner la semaine prochaine.

2/ Une idée m'obsède : ma mère ne doit jamais tomber sur ce poster. Même si Brooke ne fréquente ni les salons de tatouages, ni les pizzerias, ni les bars qui accrochent ce genre d'affiches, j'en ai des sueurs froides.

Ce n'est que le lendemain, seule dans ma chambre, que je regarde l'exemplaire qu'Arma m'a donné. Bon, c'est vrai, le poster est génial. J'en fais même une petite danse de la victoire. Miss Bleuet a peut-être ses panneaux publicitaires, mais moi, je suis sur l'affiche des Derby Girls !

En entendant ma mère dans le couloir, je m'empresse de planquer le corps du délit sous le matelas, là où personne n'ira le chercher.

L'attaque des copines tueuses

À la cantine, Pash et moi sculptons – comme toujours – notre purée réhydratée. Je lui explique que je me fiche de son vaccin contre le cancer, et qu'elle doit jurer, sur tout ce qu'elle a de plus cher, d'assister au prochain match.

Je veux non seulement qu'elle vienne m'encourager, mais qu'elle puisse tout raconter à mes parents quand Dinah m'aura taillée en pièces. Et aussi leur dire que je les aimais, malgré toutes nos incompréhensions ainsi que les épouvantables goûts vestimentaires et musicaux qu'ils ont tenté de m'imposer.

Normalement, les meilleures copines comprennent ce genre de choses et sont là pour vous soutenir. Mais non. Ces jours-ci, Pash est aux abonnés absents. Elle semble constamment en colère contre moi. Ça ne lui ressemble pas.

Et clairement, j'aurais dû tenir ma langue à propos de l'affiche. Son humeur s'est immédiatement assombrie. Elle ne m'a pas dit «Bliss, c'est fantastique» ou «Trop cool, j'ai hâte de voir ça». Non. En lui apprenant la nouvelle, je vois des nuages noirs s'amonceler au-dessus de sa tête.

– Devine ce que j'ai fait, hier, me demande-t-elle, d'un ton de défi.

Je remarque soudain quelque chose de différent dans son eye-liner. Pas la couleur, mais le tracé. Genre œil de chat. C'est sexy.

– Tu as changé d'eye-liner ?

– Oui, il y a deux semaines, réplique-t-elle froidement.

J'ai l'impression de m'enfoncer dans la boue.

– Hier, je suis allée chez Wal-Mart pour… prendre quelques trucs.

– Quoi ? Tu as chipé sans moi ? Pash ! C'est une activité qui se pratique en duo.

– En ce moment, plus de duo, donc je joue solo.

– OK, je suis désolée. Je te dois quelques sorties. Mais jure-moi de venir au match ce week-end. Il y aura une fête démente. La soirée promet d'être épique.

Les fêtes sont le point faible de Pash. Elle n'y résiste pas.

– D'accord. Mais je t'interdis de passer la soirée dans ton coin à bécoter Oliver.

– Ça marche.

De vous à moi, je sens poindre la jalousie avec un grand J. Mais je préfère ne rien dire. Nous ne passons plus autant de temps ensemble et je n'aimerais pas la froisser. Pour mémoire, j'ai bien essayé de la motiver pour le roller derby. Je l'ai même suppliée : elle n'a rien voulu savoir. Elle ne peut pas m'en vouloir de m'amuser sans elle.

Néanmoins : si j'étais coincée à Ploucville vingt-quatre heures sur vingt-quatre et sept jours sur sept et que ma meilleure pote se trouvait un copain, je l'aurais mauvaise aussi. Et je supporterais très mal que l'amie en question m'accuse d'être jalouse. Alors pour l'instant, je me tais.

Ce week-end va être dément. Si je survis au match.

Scouts en gerbe contre Roulettes russes

Samedi soir, une heure avant le début de la finale très attendue entre les Scouts en gerbe et les Roulettes russes, Malice patine en coulisse.

– Bon Dieu, lâche-t-elle. C'est bondé !

– T'es prête, Miss Mascotte ? me lance Emma.

– Prête.

Tout en laçant mes Riedell, je préfère mentir. Je n'ai pas encore posé un patin sur la piste et, déjà, je sens la sueur perler sur mon front.

Atom Bomb annonce les membres de notre équipe et conclut par :

– Et enfin, la nouvelle recrue qui file déjà vers le sommet… Baaaaaaabe Ruuuuuthless !

La foule se met à crier si fort que j'en tombe presque à la renverse. Techniquement, les Derby Girls ont une réputation de filles farouches qui ne plaisantent pas, mais je ne peux pas m'empêcher de sourire comme une idiote en entendant ces acclamations.

Évidemment, quand les Roulettes russes entrent en piste pour leur tour d'honneur, Dinah reçoit les mêmes ovations. Peut-être encore davantage, mais je m'en fiche. Ça ne m'effraie pas. Pas ce soir. J'aperçois Oliver et Pash dans les gradins et pense aussitôt : « Dinah quoi, déjà ? Je peux y arriver ! »

Toute la salle se tait lorsque Dinah et moi nous plaçons sur le départ pour notre première mêlée. Elle m'adresse une petite grimace narquoise. Je lui réponds par un simple sourire. Le sifflet retentit et les joueuses s'échappent. Au deuxième son strident, Dinah et moi filons, comme deux missiles synchronisés.

Au premier virage, j'ai une demi-longueur d'avance et j'esquive, je plonge, et double le mur adverse. Je prends la tête. Patinant de plus en plus vite, je coupe la courbe pour gagner de la vitesse. Mais brusquement, j'entends la foule gronder et je vois Dinah me dépasser.

Elle se lance la première contre le mur, évite trois de mes coéquipières et rafle trois points. Je suis derrière elle, mais contourne moi aussi sa défense et nous sommes à égalité.

Elle marque de nouveau, mais encaisse en même temps une pénalité pour un coup de coude à Malice, et passe le round suivant sur le banc. Avec Dinah hors jeu, je suis face à Anna Gazaki. C'est une fille adorable, mais s'opposer à elle c'est un peu comme voler le goûter d'une petite fille. La pauvre Anna se demande encore ce qui lui arrive quand, une minute plus tard, je fais deux tours de piste en raflant six points. La foule est en plein délire.

L'espace d'une seconde, je regrette l'absence de mes parents. Naturellement, Brooke est (et sera toujours) incapable de se passionner pour le derby, mais j'aimerais qu'elle assiste une fois au moment de gloire de sa fille. La foule scande mon nom : même elle serait capable de respecter ça. Non ?

Quand Dinah sort du banc, elle a des airs de criminelle fraîchement libérée qui prépare sa vengeance. Les Roulettes russes n'ont peut-être pas abattu leur dernière cartouche, mais les Scouts en gerbe n'ont pas l'intention de tomber. Nous opposons une résistance farouche. Et pas seulement moi, mais toute l'équipe.

Malice profite d'un temps mort pour glisser quelques mots réconfortants :

– On peut les avoir, ces salopes !

– Clair ! s'écrient les Scouts énervées.

Plus on y croit, mieux on patine. Mieux on patine, plus les Roulettes perdent les pédales. Plus elles perdent les pédales et plus elles s'effondrent. Je suis certaine que M. Smiley pourrait l'expliquer par une théorie économique, mais en regardant le tableau de score clignoter (Roulettes russes – 9, Scouts en gerbe – 16), la situation parle d'elle-même. C'est un bon vieux cas de bottage de fesses, comme on dit au Texas. Oh oui : Yiii-aaaah !

Plus que quelques rounds avant l'interruption, et je sens Dinah enrager. Elle donne tout ce qu'elle a pour égaliser avant la mi-temps.

On s'aligne sur le départ quand, soudain, j'aperçois plusieurs hommes en manteaux jaunes fluo infiltrer la foule. Ils avancent rapidement depuis le fond de la salle vers le bord de la piste. En quelques secondes, ils nous cernent.

Je n'ai pas la moindre idée de ce qui arrive, mais, quand Atom Bomb passe de son habituel « mes amis, ce soir c'est un duel au sommet » à « putain de merde ! », je sais que quelque chose ne va pas.

Je jette un regard à Emma, qui tire déjà sur les Velcro de ses protège-poignets.

– Foutus pompiers, lâche-t-elle.

En quelques minutes, je me trouve au milieu d'un exercice d'évacuation grandeur nature. J'ignorais qu'une branche des autorités est détachée à la fréquentation des espaces publics. Et si La Bonbonnière nous paraît bondée, c'est parce qu'elle accueille trois cents personnes de trop. Ça sent le roussi pour le derby.

Et alors que l'adrénaline atteignait son apogée, le match est interrompu. Nous étions sur le point de battre les Roulettes russes, légendaires invaincues, et nous voilà expulsées du hangar. Sous peine d'être embarquées. Et ça ne rigole pas.

Sans prendre le temps d'enlever mes patins, je suis la foule à l'extérieur, où c'est le chaos, avec des flics partout.

Deux types invectivent les policiers en partant.

– Le roller derby n'est pas un crime, mon pote !

J'éclaterais bien de rire, mais devant cet impressionnant déploiement des forces de l'ordre, je m'abstiens.

Pas moyen de retrouver Oliver ou Pash. Derrière moi, Malice, Dinah, et tous les autres capitaines sont adossées au mur, interrogées par la police. Angoissée, je crie :

– Malice !

– Pas de soucis, Ruthless ! On se rejoint à la soirée, me répond-elle.

En me retournant, je me trouve nez à nez avec la bedaine imposante et les pectoraux saillants d'un uniforme bleu foncé au badge étincelant. Je lève la tête et j'aperçois le flic le plus effrayant que j'aie vu de ma vie, qui me dévisage d'un air mauvais. Je suis à deux doigts de faire dans ma culotte.

– Je voudrais voir tes papiers, grogne Musclor.

– Quoi ? dis-je, complètement pétrifiée.

– Jeune fille, soit tu me donnes tes papiers, soit tu files au poste, insiste Musclor en tâtant les menottes qui dépassent de sa poche pour illustrer son propos.

Comme si j'avais besoin d'un dessin. Mon trouillomètre est déjà dans le rouge. Vous imaginez le coup de fil à Brooke si j'étais arrêtée pour pratique illégale de roller derby ? Moi, je ne préfère pas.

Je fais ma prière en farfouillant dans mon sac avant de lui tendre la seule chose que j'aie sur moi : ma carte de lycéenne. L'officier Musclor l'examine, me braque sa lampe torche dans les yeux (sympa, Mec) puis me demande :

– Tu n'as rien d'autre ?

– Non, dis-je avant d'ajouter : Non, monsieur.

– Tu n'as que seize ans ?

A-t-il besoin de hurler tout fort mon âge ? D'en faire une annonce publique ? Je confirme aussitôt, espérant changer de sujet :

– Oui, monsieur.

– Eh bien, mademoiselle Cavendar, tu n'es pas un peu jeune pour traîner avec ce genre de personnages ?

Nous voilà repartis sur mon âge ! J'ai envie de lui répondre de se mêler de ses oignons, que jamais je n'ai « traîné » avec des gens aussi formidables. Mais autant éviter la prison, ou même un esclandre qui pourrait briser ma couverture.

– Si, monsieur. C'est pour ça que je m'en allais, monsieur. Pour rentrer chez moi, monsieur.

Les « monsieur » semblent un peu exagérés, mais je peux vous assurer que Musclor en redemande. Plus je dis « monsieur », plus son badge brille.

– Ça va pour cette fois, décrète-t-il enfin. Mais n'oublie pas que tu seras considérée comme complice si vous enfreignez encore les règles de sécurité.

– Oui, monsieur, dis-je en hochant la tête.

– Tu peux y aller, ajoute-t-il en me rendant ma carte.

En rejoignant la foule éparse, je sens une main se glisser autour de ma taille.

– Ah, te voilà ! me lance Oliver. Bon Dieu, c'était le meilleur match que j'aie jamais vu ! Quel dommage qu'on l'ait interrompu.

– Clair. Tu as vu Pash ?

– Non. Mais elle nous retrouvera sur place. Allons-y, dit-il en m'entraînant vers sa voiture

Habituellement, je serais restée pour la chercher, mais quand j'entends les hélicoptères de la chaîne de télé locale s'approcher, je comprends qu'il est temps de filer. J'ai déjà frôlé la crise parentale, je préfère éviter les problèmes.

Je pique le téléphone d'Oliver afin de prévenir Pash par SMS :

– HÉ LA NUL T OÙ ? V À LA FÊTE RDV LÀ-BAS. PS : PAS DE PUNK À CRÊT CE SOIR, ALCOLO !

Ces jours-ci, le portable est un luxe dont je suis privée. J'ai perdu quatre téléphones en trois mois et ma mère a décidé que la modernité, c'était fini pour moi. Pour communiquer, je dois compter sur de gentils inconnus ou sur mon copain.

Une soirée sans pompiers

Suite à notre confrontation avec l'escouade de pompiers, la fête commence sur une note un peu morose. Mais lorsque notre altercation est retransmise aux infos du soir sur la télé locale, l'enthousiasme gagne tout le monde. Un parfum d'interdit et de danger flotte dans l'air. Comme si on tirait toute la gloire d'un tatouage impressionnant sans avoir souffert sous les aiguilles.

Tous s'étonnent encore de la déconfiture des Roulettes russes et les capitaines d'équipe tiennent une réunion au pied levé, près du tonnelet de bière, avançant les dates d'une nouvelle rencontre.

Durant la première heure, je vérifie toutes les cinq minutes si Pash m'a répondu sur le portable d'Oliver. Mais je finis par abandonner, pensant qu'elle est rentrée à Bodeen. Cette folle ! Je n'arrive pas à croire qu'elle loupe cette soirée de dingue.

Oliver et son frère aîné, Hank, lui-même un charmant jeune homme (preuve que cette famille a un potentiel énorme) sortent leur guitare et nous offrent un petit concert acoustique et privé sur la véranda.

Hank, vingt-quatre ans, est le chanteur et compositeur du groupe (autrement dit, il récolte toutes les faveurs). Oliver, lui, reste dans son coin, les yeux rivés sur ses pieds ou sa basse, les cheveux dans les yeux. Hank est peut-être le choix le plus évident, mais je lui préfère mille fois Oliver, ce qui tombe plutôt bien vu que nous sommes déjà ensemble.

De fil en aiguille, on se retrouve dans la chambre de Rocktavie, à papoter en faisant chacun notre tour le DJ sur sa chaîne stéréo. Assis par terre, on s'envoie mollement un coussin tout en parlant de choses et d'autres, mais surtout de musique. D'un seul coup, il me sort :

– Devine quoi !

– Quoi ?

– On part en tournée, avec les Benedicts.

J'écarquille les yeux. Les Benedicts sont le groupe de rock le plus cool d'Austin. Même si leur nom ne vous dit rien, vous reconnaîtriez sûrement leurs morceaux. Croyez-moi. Ce groupe est top.

– Hé, mais c'est dingue !

(Non que je sois du genre à hurler, mais plutôt incapable de maîtriser mon enthousiasme – quelle nulle !). C'est absolument trop cool ! Sérieusement, c'est le truc le plus cool qui soit arrivé à quelqu'un de mon entourage. Franchement, y a pas plus cool, clairement.

– Bliss, coupe Oliver.

– Oui ?

– On se calme sur les « cool » et les adverbes.

Je hoche la tête, puis me ravise aussitôt.

– Cool cool cool cool cool cool cool, dis-je à tue-tête, jusqu'à ce qu'il plaque sa main sur ma bouche.

Je le mords et il éclate de rire.

– Tu pars quand ?

Soudain, je m'imagine rejoindre Oliver, sillonnant les routes durant l'été, en bus, pour ses concerts. Mon esprit vagabonde de ville en ville, visualisant toutes ces salles où je l'observerais à l'écart de la scène (dans une robe vintage à tomber, bien sûr). Il me ferait signe entre chaque morceau et je lèverais les yeux au ciel, feignant l'embarras, mais savourant chaque instant… Oh oui, cette histoire de tournée me plaît.

– On part lundi, répond-il.

– Hein, quoi ?

Je manque de m'étouffer. C'est bien trop tôt !

– On l'a appris aujourd'hui. Mais ne t'inquiète pas, on part seulement pour trois semaines, ajoute-t-il.

– Oh… non… ce n'est pas grave. Non, ça ne fait rien parce que… euh… je ne suis pas censée te demander ça, mais, enfin… est-ce que je vais te manquer ?

– Et moi, je vais te manquer ? réplique-t-il en souriant.

– Évidemment. Vous aurez votre propre bus, pour la tournée ?

– Plutôt un vieux fourgon pourri, s'exclame-t-il en riant.

– Tu n'as pas répondu à ma question.

– Bien sûr que tu me manqueras. Donc, il me faut une dose supplémentaire tout de suite.

Et sur *Pinkerton*, de Wheezer (la parfaite bande-son) Oliver me prend sur ses genoux et m'embrasse. Sa main glisse sous ma chemise, jusqu'à mes épaules, puis redescend au creux de mon dos. Ses doigts dessinent des lignes à la taille de mon jean avant de s'aventurer sous l'élastique de ma culotte.

Je passe ma main sous son tee-shirt, caresse ses omoplates nerveuses. Je penche la tête, et embrasse ce grain de beauté que j'aime tant sur son épaule.

Sa main agrippe ma nuque et il attire mon visage vers le sien. Il effleure ma bouche avant de mordiller puis de sucer ma lèvre inférieure. J'ignore comment ça s'appelle, mais waouh ! Ma respiration change aussitôt de cadence. Celle d'Oliver aussi.

Il m'ôte ma chemise, ce qui me donne le signal pour le débarrasser de son tee-shirt. Ses mains, plus décidées, descendent sur mon jean, se promènent sur mes cuisses et remontent vers l'intérieur de ma jambe. C'est… je ne sais pas… à la fois terrifiant et envoûtant. Je relève les hanches, mourant d'envie qu'il me touche.

Mais dès que ses doigts avancent, je sursaute, soudain effrayée, distraite et brusquement consciente que la fête bat son plein derrière la mince cloison de la chambre. Mais je crains qu'il ne m'en veuille, ou quitte la pièce énervé. J'ai juste envie de lui dire que je l'aime (je l'aime ? j'en ai bien l'impression), et de l'entendre me dire qu'il m'aime. Est-ce qu'il m'aime ?

Est-ce une réaction pitoyable ?

Il me jette un regard perplexe. J'expire lentement, prends sa main et la pose sur ma cuisse, pour lui donner le feu vert. J'en ai envie. Ses mains remontent le long de ma jambe et… une fois encore, je bondis.

– Ne me dis pas que tu as encore oublié de t'épiler une jambe, murmure Oliver (en souriant) à mon oreille.

Je bredouille :

– Non… c'est juste que…

– T'es drôle, commente-t-il en éclatant de rire.

– Non.

– Mais si. Enfin, c'est plus comme au lycée, comme si on ne l'avait jamais fait.

Euh, parle pour toi, mon pote.

Je me redresse et pousse un soupir contrit.

– Désolée… Mais pas ici, d'accord ?

Après quelques minutes d'un silence gênant et ironique souligné par le *Why Bother* ? (À quoi bon ?) de Wheezer, où le chanteur se persuade que sa dulcinée va l'abandonner, Oliver reprend la parole.

– Allez, on retourne faire la fête.

Il se lève, me tend le bras et m'arrache au plancher.

Où on découche (et on couche)

À la fin de la soirée (une notion floue, car pour les lapins roses mécaniques de la fêtardise, la soirée ne finit jamais), je suis Oliver jusqu'à sa voiture.

Il m'attrape avec son bras fin et musclé de guitariste et me souffle :

– C'est décidé, je te kidnappe. Tu rentres avec moi.

Attendu que Pash m'a plantée, j'accepte sa proposition malhonnête. Mais je préfère le prévenir :

– N'imagine pas que ma famille versera une rançon.

– Je fais ça par amour de l'art, dit-il avec un sourire malicieux.

Nous regagnons la maison qu'il partage avec Hank, Eric et Jesse (les deux autres membres de son groupe). Je ne savais pas vraiment à quoi m'attendre, mais je vous le dis : quatre garçons qui vivent ensemble ne donnent pas dans la dentelle.

Je suis loin d'être une fée du logis, mais ces types représentent l'obscurantisme de la propreté. Dans leur petit monde, les aspirateurs et les balais n'ont pas encore été inventés. Non que ça me pose vraiment problème, mais… j'ai peur de m'asseoir.

Oliver me regarde, un peu gêné.

– Euh, oui, le salon est un no man's land. Mais je te jure que ma chambre est moins effrayante, assure-t-il en m'entraînant dans le couloir par la main.

– Tu veux juste arriver à tes fins.

– Peut-être, peut-être pas.

Nous pénétrons dans son antre et je confirme : c'est nettement plus propre, mais suffisamment bordélique pour m'imposer le respect. Je m'affale sur le matelas sans sommier installé dans un coin. Une impulsion décorative que j'ai brièvement expérimentée chez moi avant que Brooke n'y mette le holà. Pour moi, c'était cool et minimaliste. Pour elle, ça faisait SDF.

– Désolé, s'excuse Oliver, c'est minuscule, mais comme je suis le plus jeune, ils m'ont refilé la pièce la plus petite. Les salauds.

À mes yeux, sa chambre est parfaite, mystérieuse et remplie de trucs de garçon à la sauce Oliver. Un vrai laboratoire musical – avec un lit. Partout des câbles, des pédales à effet, un ampli sans grille qu'il est en train de réparer, des milliers de CD, un vieil enregistreur à cassette et ce qu'il décrit comme un quatre-pistes analogique, « parce que le son de Pro Tools est vraiment trop lisse ».

Je remarque un poster des Stooges, une photo de Joan Jett à l'époque des Runaways et un déodorant en stick posé sur un carton renversé. Tous ses vêtements sont empilés à même le sol dans son placard. La seule chose accrochée à la penderie est un blazer Banana Republic, hyper-stylé, dont l'étiquette pend encore à la manche.

– Oui, ma mère me l'a offert pour mon anniversaire, explique-t-il en riant, tout en fouillant dans ses CD, avant d'en ressortir un grand classique : *Highway 61 Revisited* de Bob Dylan.

Un choix qui ne se discute pas.

D'abord assis, on finit par s'installer sur son matelas. On flirte tout en papotant, la musique en fond. Puis on change de CD, on se pelote encore un peu, on remarque qu'on est tous les deux épuisés, puis on batifole une fois de plus.

Être avec lui est si évident, si parfait, que j'en oublie qu'il sera parti dans moins de quarante-huit heures.

Ne répétez jamais ça à Pash, mais je commence à le considérer comme mon meilleur ami. Je peux peut-être en avoir deux ? Un avec qui je flirte (O) et l'autre avec qui je me moque des ploucs au lycée (P). Je peux tout dire à Oliver, et je crois qu'il a la même impression avec moi.

Exemple : on est allongés là et on parle du fait de coucher ensemble. Et ça n'a rien de gênant, on en discute sans retenue : est-ce qu'on le fait maintenant ? Est-ce qu'on patiente jusqu'à la fin de la tournée ? On pèse le pour et le contre. Je sens bien qu'il voudrait le faire tout de suite (je le sens, littéralement), mais il me laisse décider.

Comprenez-moi bien : je me sens à la hauteur (enfin, je pense), mais j'aimerais que ce soit le bon moment. Et puis, il n'y a pas d'urgence. Je vais peut-être passer pour une prude, mais je préfère attendre qu'il revienne de tournée, et que l'impatience soit plus grande.

Vers cinq heures du matin, sous les zébrures orangées du soleil qui filtre à travers ses stores, Oliver et moi nous endormons dans les bras l'un de l'autre. Finalement, pas de sexe, juste des câlins, ce qui peut sembler un peu cucul – mais c'est aussi divin.

Oh, it's such a perfect day,
I'm glad I spent it with you

Lorsque je m'éveille le lendemain matin, Oliver est déjà debout. Il me regarde avec un sourire un peu idiot, la bouche en cœur. Rien de très glamour, mais j'en suis toute retournée. J'ignorais qu'il pouvait être si adorable. J'aimerais mettre ce moment en bouteille et le conserver pour toujours.

– Qu'est-ce que tu fais ? je gémis d'une voix pâteuse, en cachant mes yeux.

– Je te regarde, répond-il en bâillant.

Bon sang, si Malice pouvait voir Oliver à cet instant, elle serait enfin convaincue que tous les rockers ne sont pas des salauds. Elle changerait de disque, pour ainsi dire.

– Arrête, je dis en pressant mon visage contre sa poitrine.

– D'accord : je ne te regarderai plus jamais.

– Parfait ! Parce que je n'aime pas ça.

– Comme tu voudras, souffle-t-il en m'embrassant sur la joue.

Il est presque une heure de l'après-midi et, en théorie, je devrais me remuer les fesses et rentrer à Bodeen

(Bodeen, quel pied !), mais je décide d'abuser un peu. Pendant qu'Oliver passe à la salle de bains, j'appelle à la maison et explique que je suis toujours chez Pash, où nous travaillons d'arrache-pied à notre exposé de sciences éco, que nous devons rendre cette semaine.

– Très bien, trésor. Mais ne travaillez pas trop dur ! me susurre ma mère, curieusement de bonne humeur.

J'aurais préféré qu'elle fasse preuve de plus de réticence, car un sentiment désagréable de culpabilité vient me taquiner l'estomac. Il est beaucoup plus facile de lui mentir quand je suis en colère.

Lorsque je réintègre le Monde merveilleux d'Oliver (autrefois nommé Austin, mais depuis quelques jours, Oliver en est le roi), cette culpabilité disparaît, presque entièrement.

Pour son ultime journée austinienne, je propose à Oliver un petit circuit festif d'adieu, comprenant tous ses endroits favoris : le drugstore de Hyde Park (pour quelques parties de Débandade), le restau mexicain, le disquaire Waterloo et le square Peter Pan (construit dans les années 60 pour les enfants et dont la statue géante du héros est en réalité aussi effrayante que glauque – en un mot, géniale). Et, avant que j'aie réalisé comment, la nuit nous surprend.

– Faut absolument que je rentre, dis-je d'un ton un peu gêné.

– Non ! répond Oliver.

– Si.

– Pas question. Tu ne me laisses pas en plan pour ma dernière soirée en ville.

– T'es nul.

Je suis déchirée. Rappelez-moi pourquoi je ne peux pas zapper cette histoire de majorité et cesser de demander la permission à mes parents pour tout ? C'est pas juste.

Oliver cède et, avant de prendre la direction de Bodeen, s'arrête à une station pour faire le plein. Tandis qu'il paie, mon cœur se serre. Noooon. Cette journée ne peut pas s'achever comme ça. Pas déjà. J'attrape son portable et j'appelle chez moi, bien décidée à tirer sur la corde.

Je compose le numéro du fixe, afin que Brooke prenne l'appel sur son antique téléphone à cadran rotatif. Brooke l'aime pour son charme rétro, moi pour son absence d'affichage du numéro.

– Maman, je t'en supplie : est-ce que je peux encore dormir chez Pash, ce soir ?

– Tu as cours, demain ! répond ma mère.

– Exactement, et nous sommes toujours sur notre exposé. On va probablement le finir très tard et j'ai besoin de son ordi, car le nôtre est trop lent. Jamais je ne terminerai à temps.

En réalité, l'exposé n'est que pour mercredi – ce qui me rappelle que je dois m'y mettre.

Après quelques secondes de silence, ma mère reprend :

– Tu es sûre que la mère de Pash est d'accord ? Ça fait deux soirées de suite, Bliss.

– Bien sûr, Maman. Ses parents sont très à cheval sur les résultats scolaires, tu sais. Pash a une bonne influence.

– Bon, très bien, mais c'est exceptionnel. N'en prends pas l'habitude, parce que tu vis toujours sous mon toit.

– Compris ! Merci ! Je t'adore.

Je raccroche juste au moment où Oliver sort de la station et remonte en voiture. Je l'accueille avec un sourire de loup.

– Quoi ? demande-t-il.

– Demi-tour ! Je reste avec toi ce soir.

Cette nuit est plus ou moins une redite de la précédente. Nous tâchons de rester éveillés aussi longtemps que possible pour profiter de nos dernières heures ensemble.

Aux alentours de 1 h 37 du matin, Oliver est allongé à côté de moi, à gratter sa guitare, et je change soudain d'avis. Je lui ôte sa guitare des mains et… lui saute littéralement dessus.

Nous « faisons la chose », comme dirait Pash et pas parce qu'il insiste, ou parce que je veux me rendre intéressante, ni parce que je ne me respecte pas ou pour une autre raison pathétique du genre. J'en ai simplement envie. Et oui, on a utilisé un préservatif, ce que Pash sera contente d'apprendre, vu le nombre de fois où elle m'a fait la morale à ce sujet (alors qu'elle-même n'a aucune expérience).

Mais la première fois est un martyre et je manque de lui hurler de « dégager de là ».

Oliver se tait pendant quelques minutes.

– J'ai vraiment l'impression d'être un sale con.

– Pourquoi ?

– Parce que j'ignorais que c'était ta première fois. Pourquoi tu ne m'as rien dit ?

– Je ne sais pas, dis-je. Je ne voulais pas en faire tout une histoire, tu vois ?

Il me prend dans ses bras et nous somnolons une heure ou deux avant de nous réveiller, de nous remettre à flirter et, de fil en aiguille, de recommencer.

Je me demande si c'est pareil pour toutes les filles, mais, pour moi, la deuxième fois est nettement meilleure. À la troisième tentative, je décide que le sexe c'est finalement génial – soulagement. Je craignais un peu de détester ça.

Il fallait simplement savoir s'y prendre.

Au Revoir Simone

Le lendemain matin, lorsque Oliver me dépose devant la maison des Gunderson, j'ai quelques regrets. Enfin, pas vraiment, mais je me sens si proche de lui... J'ignorais qu'il était possible de se sentir aussi proche de quelqu'un, et maintenant, on me l'arrache pour trois interminables semaines.

Je ne veux pas lui dire au revoir. Je veux encore faire l'amour.

Oliver m'a tout l'air d'être du même avis, parce que nous refusons officiellement de nous séparer. On reste assis une éternité dans la voiture, évitant ces mots affreux, puis nous nous tenons debout, à l'extérieur, niant toujours la réalité de la situation.

La matinée est froide, et l'automne flirte déjà avec l'hiver. Frigorifiée, je me blottis contre lui.

La fourgonnette du groupe doit quitter Austin à neuf heures tapantes, ce qui pour Hank (selon Oliver) signifie 9 h 30. Mais il doit encore regagner Austin et faire ses bagages. C'est vrai, je l'ai sans doute un peu distrait. Quant à moi, je dois être en cours dans vingt minutes.

J'ai un million de choses à lui dire.

Je voudrais pouvoir affirmer que la musique emo est débile, que ces complaintes pathétiques où ces fifilles pleurent sur leurs copains sont nunuches avec un grand N. Et j'ai beau être sarcastique, constamment sur la défensive, tout tourner en dérision et nier tout ce qui ressemble de près ou de loin à du sentimentalisme, je vous ouvre mon cœur, parce que je me sens bien avec vous et je sais que vous n'irez pas le répéter : je veux lui dire que je l'aime. Et surtout, je veux qu'il me confirme ce que je sens et l'entendre dire qu'il m'aime.

Mais il est peut-être un peu tôt pour tout ça, alors finalement, je murmure :

– Oliver.

– Oui ?

– Je veux te donner quelque chose, dis-je en fouillant dans mon sac.

Je sors mon tee-shirt fétiche de Stryper et le lui tends.

– Tu rigoles ? s'exclame-t-il. C'est le truc le plus génial qu'on m'ait offert.

– C'est un tee-shirt de garçon. Tu auras vraiment l'air cool avec ça.

– J'y tiendrai comme à la prunelle de mes yeux, souffle-t-il en me serrant contre lui.

Quelques instant plus tard, il s'écarte.

– Ferme les yeux.

Je m'exécute et l'entends farfouiller. Je sens quelque chose sur mes épaules, puis j'entends un bruit de fermeture Éclair.

– Ouvre-les !

Je baisse les yeux et reconnais sa veste à capuche – celle où est inscrit son record de Débandade.

– J'y tiendrai comme à la prunelle de mes yeux.

Nous décidons finalement de ne pas nous dire au revoir. Quand il fait marche arrière dans l'allée, je lui crie :

– Bonjour !

– Salut ! répond-il, avant de disparaître au bout de la rue.

Jamais trois semaines ne m'ont paru aussi insupportables.

Plaignez-moi !

Après ce week-end épique, mon retour au lycée me fait l'effet d'un grand bond en arrière. D'un seul coup, j'ai dépassé cette ville, le microcosme étriqué de cette école. En guise de consolation, je sers la veste d'Oliver contre moi.

En levant les yeux, j'aperçois Pash devant mon casier. Même de loin, je vois bien qu'elle est vénère. J'ignore pourquoi, mais je ne vais pas tarder à le découvrir.

– Hé, Pash…

– Garde tes « Hé, Pash », me coupe-t-elle aussitôt.

– Quoi ? Qu'est-ce que j'ai fait ?

– Tu m'as plantée au match de derby, pauvre cruche ! J'ai dû rejoindre la soirée toute seule et, une fois là-bas, ils ne m'ont pas laissée entrer parce qu'il y avait déjà trop de monde. Ils craignaient que les flics débarquent à nouveau.

– Pash, je n'en savais rien !

– J'ai passé une heure dehors à t'attendre. J'ai finalement lâché l'affaire et je suis rentrée.

– Je suis désolée ! Je t'ai envoyé un texto ! Pourquoi tu ne m'as pas répondu ?

– Tu m'as envoyé un texto ? répète-t-elle, sceptique. Eh bien, je ne l'ai pas eu. Dis-moi seulement que tu as terminé le collage pour l'exposé.

– Le collage ? Quel collage ?

– Le collage ! Pour l'exposé de sciences éco, énonce-t-elle d'un air exaspéré, comme si elle parlait à une demeurée.

– Pash, calme-toi. J'ai deux jours pour le finir.

Elle s'interrompt et me dévisage.

– Non. C'est pour le cours d'aujourd'hui. Dans trois heures.

– Mais non ! C'est à rendre pour mercredi, dis-je, comme si le fait d'insister pouvait changer les choses.

Mon déni la fait enrager. Elle redouble d'agressivité et vide son sac à trois cents à l'heure :

– Bliss ! J'ai bouclé ce fichu exposé toute seule. Tout ce qu'il te restait à faire, c'est ce collage débile, qu'un gamin aurait pu réaliser. Une bonne note fastoche pour toutes les deux, mais même ça, tu n'es pas capable de t'en charger. Tout le monde n'a pas une carrière de derby rock star et un copain sur lequel se rabattre. Si je n'arrive pas en tête de cette école de rigolos, on ne m'accordera pas de bourse. Si je n'ai pas de bourse, je peux dire adieu à la chirurgie. Je ne fais pas ça pour le plaisir d'un beau bulletin, tu sais. Moi aussi j'essaie de me tirer de cette ville de merde.

– Pash…

J'ai soudain l'impression d'être devenue une bactérie nuisible. Elle me congédie d'un geste.

– C'est ça. Merci de me laisser tomber une fois de plus. Merci de m'avoir plantée à la soirée. Merci de t'être servie de moi comme excuse pour passer la nuit avec ton imbécile de copain. Et surtout, merci de foutre en l'air mes résultats. T'es une amie fantastique, Bliss, achève-t-elle avec un sarcasme tranchant. Je ne veux plus entendre parler de toi.

Avant que j'aie pu répondre à ce cocktail Molotov, Pash tourne les talons et disparaît dans la foule des élèves. J'ai l'impression que je vais vomir.

En cours d'éco, je supplie M. Smiley de me pénaliser seule pour l'absence de collage dans notre exposé. Yoda ne veut rien savoir. Pash me fusille du regard depuis son siège au fond de la classe. J'ai beau lui faire les yeux doux, elle se détourne.

J'ai perdu ma meilleure amie, et le pire c'est qu'elle a raison. Quelle imbécile laisserait filer une bonne note aussi facile alors qu'une autre a fait tout le boulot ? Moi. Je suis nulle.

Durant le reste de la semaine, je tente désespérément de ramener Pash à de meilleurs sentiments. Impossible de la croiser devant son casier, malgré mes nombreuses tentatives. En me voyant arriver, elle change immédiatement de direction. À l'heure du déjeuner, elle disparaît (peut-être dans un sombre recoin de la bibliothèque ?).

Jeudi, je dépose quelques messages hilarants dans son casier (de fines analyses sociologiques sur la population adolescente de Bodeen, le genre de truc qu'elle adore), mais chaque missive est aussitôt renvoyée à mon casier avec la mention « retour à l'envoyeur », inscrite d'une plume rageuse.

C'est la gifle. Je me rappelle l'époque où son écriture servait à communiquer et pas à m'agresser.

Je sais. Je sais. J'ai tout foiré. Pas besoin de remuer le couteau dans la plaie.

Comme sur des roulettes

Après la rupture oscarisable avec Pash et le départ d'Oliver, je me vois dans l'obligation de reprendre le Lotobus pour me rendre à Austin. Non que ça m'ennuie. Je suis heureuse de revoir Helen. Entre filles aux cheveux bleus, il faut s'entraider, surtout en temps de crise.

Je remise même mon iPod dans mon sac et l'écoute me raconter sa vie tout en tenant sa pelote de laine. Elle a beau se plaindre d'arthrose aux mains, Helen taquine l'aiguille à tricoter. Et je m'y connais. J'ai commis l'erreur d'essayer de tricoter une écharpe au Noël dernier. Ce qui avait commencé par une pelote de laine s'est transformé en pot à crayons qui semblait être passé une centaine de fois sous les roues d'une voiture. Et je n'ai pas d'arthrose.

Je finis par me demander si ma soudaine amabilité envers Helen me vaudra quelques points de karma pour récupérer l'amitié de Pash. Quelque part dans l'univers, ceux qui tiennent les rênes se diront peut-être : « On ne peut quand même pas priver Bliss trop longtemps de sa meilleure amie. Elle a beau être maladroite, c'est une bonne petite. »

Je tire peut-être trop de plans sur la comète, mais Pash me manque. Et quand vos mille et une excuses ne mènent nulle part, vous commencez à baliser.

Mais qui donc a inventé les calendriers ?

À l'entraînement, Blade et les capitaines d'équipe annoncent un changement dans notre programme de la saison. Après la grande parade des pompiers le week-end dernier, il est convenu que le match interrompu entre les Scouts en gerbe et les Roulettes russes reprendra samedi. Ce qui signifie que les autres rencontres sont repoussées d'une semaine, y compris le championnat, qui aura lieu le dix-sept novembre et non le dix.

J'avoue que ma vie n'est pas réglée sur un calendrier. Je suis trop occupée à vivre le moment présent pour me laisser envahir par des cases numérotées. Ça, c'est le truc de Brooke et je m'en tiens aussi éloignée que possible. Mais j'ai peut-être tort.

En rentrant d'Austin, affamée, je me dirige droit vers la cuisine. Ma mère me demande comment se passent les séances de révisions.

– Génial, dis-je en me précipitant vers le réfrigérateur.

Je l'ouvre et saisis la bouteille de lait quasi vide. Alléluia. Je vais pouvoir boire au goulot sans m'attirer les foudres de Brooke. Rejetant la tête en arrière, je ferme les yeux et savoure le lait jusqu'à la dernière goutte. Miaaam.

En rouvrant les yeux, je me trouve nez à nez avec l'almanach familial odieusement illustré, accroché à la porte du frigo. Shania y occupe la plus grande partie, avec des petits autocollants pailletés qui indiquent les dates de ses concours de beauté. Je n'existe que par un sobre « Bliss – dentiste, 2 novembre ».

En me penchant plus avant, je remarque qu'une mocheté à paillettes porte mon nom : le concours de Miss Bleuet, qui se déroulera le… dix-sept novembre. Quoi ? Le dix-sept novembre !

Odieuse ironie du sort : le concours de Miss Bleuet et mon championnat de derby ont lieu le même soir. On a rarement vu dindon plus farci que moi.

En cours de littérature, quand nous étudiions *Hamlet* et *Macbeth*, Mme Weaver nous rabâchait sans cesse les oreilles avec ce « vice fatal » des personnages dans les tragédies shakespeariennes – un travers obstiné à l'origine de leur chute.

Je n'aurais jamais cru avoir un vice fatal. Jusqu'à aujourd'hui. À l'évidence, mon incapacité à mémoriser les dates importantes m'a coûté ma meilleure amie et maintenant mon championnat.

C'est ce qui s'appelle être baisée. Avec chantilly et cerise.

Après avoir passé des heures à réfléchir, à échafauder, à prévoir et à préparer, j'ai décidé que le meilleur moyen de faire face à mon funeste destin était de… l'ignorer, tout simplement. À moins de simuler mon propre suicide ou mon enlèvement par des extraterrestres (ce qui pourrait être amusant ; si vous connaissez des martiens, faites-moi signe), impossible d'échapper à l'enfer de Miss Bleuet.

Autant profiter le plus possible du derby. Peu importe le déroulement du championnat : après samedi, le monde entier saura que les Scouts en gerbe n'ont fait qu'une bouchée des Roulettes russes. Toute la semaine, je me surpasse à l'entraînement, consciente que ce nouveau match sera peut-être ma dernière chance de faire mes preuves. Et celle de toute mon équipe.

Au lycée, je passe mes pauses déjeuner à la bibliothèque, à chercher les e-mails d'Oliver, ou plutôt, à déplorer leur absence. Je lui en envoie, mais n'obtiens pas de réponse.

Je ne m'attendais pas exactement à ce qu'il fasse un arrêt à chaque cybercafé pour me faire son rapport alors qu'il est en pleine tournée avec les Benedicts (allô ?!). C'est moi qui pose problème, avec ma pénurie de téléphones portables, devenue un frein majeur à notre relation. Oliver pourrait sortir avec une nonne, les choses ne seraient pas plus compliquées. Quand même… Les seuls e-mails que je reçois sont des pubs pour Urban Outfitters – d'autant plus déprimantes que je suis fauchée.

Je vais bien, ne vous en faites pas

Samedi, je reçois un coup de fil paniqué du Moineau, qui me persuade de venir bosser à l'heure du déjeuner au Bistrot du Groin. Habituellement, j'aurais refusé, mais là, j'ai besoin de canaliser mon stress d'avant-match.

En arrivant à 10 h 30, je remarque une carte accrochée au tableau que je connais bien : celle de Pash. Ça fait un bon moment que nous n'avons pas travaillé ensemble – bien qu'« ensemble » soit un terme relatif. On s'ignore durant tout le service. Pas d'exhibition de Polaroid absurdes, pas de comédie musicale imaginaire, et on ne lève plus les yeux au ciel en chœur face aux clients odieux. Question amitié, c'est la Sibérie et il y fait bien froid. Si on vous y envoie, je vous recommande chaudement la parka.

Aujourd'hui, deux dames âgées en costume complet de touriste (banane et chaussures de randonnée) décident de commander le Goret, comme s'il s'agissait d'un défi majeur. Elles se mettent à rire comme deux vieilles copines.

OK, j'avoue, elles sont décrépites, ringardes, et handicapées par cette masse de graisse qui leur pendouille aux bras (Mon Dieu, faites que ça ne m'arrive jamais), mais Maybelle et Jolene sont décidément adorables. Elles me racontent qu'elles sont amies depuis leurs quinze ans, à l'époque où elles prenaient le même bus pour le lycée de Beeville, et je suis si émue que je voudrais m'éclipser jusqu'à l'énorme friteuse de la cuisine pour y verser toutes les larmes de mon corps. Mais je ne peux pas : Pash est là et il est hors de question que je lui donne la satisfaction de me voir pleurer.

Pendant que je remplis les distributeurs de serviettes, Le Moineau tente de me consoler.

– Détrompe-toi, assure-t-il, tu lui manques aussi beaucoup.

Je hoche la tête. Merci, Moineau, mais toute cette histoire dépasse tes compétences de manager.

Au moins, il me fait grâce du dernier quart d'heure. J'ai juste le temps de rentrer chez moi, de me débarrasser de cette infecte odeur de cochon grillé avant de retourner au Bistrot du Groin où Malice a gentiment accepté de passer me chercher.

J'étais gênée de le lui demander, mais Malice s'est offusquée.

– Tutut, je ne veux rien entendre. Évidemment que je viendrai te tirer de ton trou. Sans notre Babe Ruthless, on n'a pas d'équipe.

C'est bon de savoir que quelqu'un m'aime encore.

Malheureusement, en rentrant, un grain de sable fausse mes rouages. Je pousse la porte de ma chambre et fais la découverte la plus choquante de toute ma vie. La pièce est propre. Le lit est fait. Le sol est visible.

Quelque chose cloche, c'est certain.

Quelques explications sur cette histoire de ménage : il y a trois ans, quand j'avais treize ans, ma mère et moi nous sommes déclaré la guerre au sujet de l'état de ma chambre. Earl a mis en place un délicat processus de paix. Nous sommes parvenus à un accord : tant qu'aucun désordre ne touche le reste de la maison et que je n'entrepose pas d'assiette sale sous mon lit, ma chambre demeure mon espace privé. Rien qu'à moi.

Depuis, c'est plus ou moins l'entente cordiale. J'ai même choisi de ne pas réagir lorsqu'elle s'est introduite dans ma chambre pour y déposer son horrible costume rose le mois dernier. Clairement, ma politesse l'a encouragée à franchir de nouvelles limites, ce qui est une mauvaise nouvelle pour mon intimité. Une très mauvaise nouvelle.

Aujourd'hui, je patine dans la choucroute.

Se taper l'affiche

Debout, au milieu de cette chambre que je ne reconnais plus, je nage en pleine quatrième dimension. Ce matin, j'ai quitté mon petit nid douillet et bordélique et je retrouve un décor digne de *Maisons et Jardins*. Pas mon rêve. Celui de ma mère.

Je jette un regard à la penderie et sens mon visage s'empourprer. Je cours, ouvre la porte et découvre une rangée de vêtements parfaitement ordonnée sur la tringle.

Je tombe à genoux et me mets à fouiller le fond du placard, l'emplacement secret de mon équipement de derby : mes Riedell, mon casque. J'ai beau passer la main partout, je ne tâte que la moquette.

– Où sont mes patins ? dis-je à voix haute, imaginant, espérant, priant même pour peut-être, seulement peut-être, les avoir rangés ailleurs.

Et d'un coup, je sens sa présence. Comme l'ombre effrayante du Bigfoot qui terrorise la petite créature dans la forêt. Je me retourne et aperçois ma mère, l'air furieux – à présent nous sommes deux.

– C'est moi qui ai tes patins, déclare-t-elle.

Et. Merde. Qu'est-ce qu'elle vient de dire ?

Pendant quelques secondes, je la regarde d'un air hébété, cherchant à deviner ce qu'elle sait, afin d'en dire le moins possible. Suis-je à cinquante pour cent dans la mouise ? Ou à un bon cent pour cent ? C'est alors que je remarque le poster pour le match qu'elle tient roulé à la main. En d'autres termes : ma vie est fichue.

– Depuis quand, Bliss ? demande-t-elle d'une voix calme. Depuis quand files-tu derrière mon dos pour faire ce… ce roller derby ?

Aussitôt, je passe à la contre-attaque. Je sais pertinemment que la bataille est perdue, mais pas question de me rendre sans résistance. « Résistance » n'est peut-être pas le mot idéal. Je voudrais lui faire comprendre que le derby compte pour moi, que je n'ai pas choisi ça pour l'embêter.

– Maman, je sais que ça te semble terrible, dis-je, mais je peux tout t'expliquer.

– Bliss, je ne suis pas en mesure de te faire confiance pour l'instant, réplique-t-elle en se détournant, comme si ma trahison rendait insupportable la moindre conversation sérieuse.

Mais je n'en ai pas terminé. Ce soir, j'ai un match et Malice doit passer me prendre dans trente minutes. J'ai besoin de mes patins et surtout de ficher le camp d'ici. Je la suis donc dans le salon, bien décidée à récupérer ce qui m'appartient.

– Maman, ça n'est pas la peine d'en discuter maintenant. Rends-moi simplement mes patins, dis-je de ma voix la plus mature et la plus persuasive.

– Il n'en est pas question, Bliss, rétorque-t-elle froidement.

– Rends-moi-mes-patins, dis-je doucement, dans une dernière tentative de régler ça à l'amiable.

Brooke se retourne, me regarde droit dans les yeux et dit :

– Non.

Et là, je craque et hurle :

– Je les ai payés. Ils sont à moi.

– Tu es privée de sortie jusqu'à nouvel ordre, réplique-t-elle en claquant la porte de sa chambre, et je perds les pédales.

Je réalise soudain que depuis des années, j'ai tout encaissé, me soumettant sans broncher à l'humiliation de ses concours de beauté débiles et qu'aujourd'hui ma mère ne fait pas le moindre effort pour m'octroyer la part d'intimité dont j'ai besoin. Le sujet n'est pas à l'ordre du jour parce qu'elle s'en fiche et que quand Brooke s'en fiche, ça n'existe pas. Je n'existe pas.

Trop tard, cocotte. Tu m'as fait, je suis là et j'EXISTE. Alors, prends tes responsabilités.

Au diable la paix, au diable l'entente cordiale, au diable la solution diplomatique pour récupérer gentiment mes patins. Je me dirige vers la porte de sa chambre, l'ouvre d'un geste et hurle :

– Tu ne sais même pas qui je suis !

Et je vous jure qu'il me faut rassembler toute ma détermination pour ne pas ajouter « espèce de grosse grue ». Mais je passe cette partie de ma phrase sous silence pour éviter une mort immédiate, ou regretter plus tard d'avoir été cruelle.

Elle me regarde et éclate de rire (elle ose !).

– Bliss, tu as seize ans. Toi-même, tu ne sais pas qui tu es.

– Je sais que je ne suis pas ta Miss Bleuet. Ça, je le sais.

J'en tremble. Au bord des larmes ou sur le point de botter les fesses de quelqu'un, difficile de décider. Même au plus fort de ma colère, frapper ma mère n'est pas une très bonne idée.

Tout ce tumulte finit par alerter mon père, qui s'affaire dans le jardin. Il accourt, mais lorsqu'il comprend que Brooke et moi avons déclenché la troisième guerre mondiale, il regrette aussitôt sa tondeuse. Quoi qu'il se passe, Earl ne veut pas s'en mêler.

Trop tard. Ma mère est déterminée à s'attacher un allié et quelques muscles supplémentaires. Elle agite mon affiche sous son nez, comme une victime d'adultère dans un soap opera espagnol.

– Voilà ! Voilà ce que notre fille fait derrière notre dos.

Earl, qui se demande sans doute encore quelle mouche l'a piquée, prend quelques minutes pour examiner le poster. Et voici ce qui se produit : un sourire béat se dessine sur son visage, comme un rayon de bonheur que je n'oublierai jamais.

– Ça alors, le roller derby revient à la mode ? Ça alors ! On suivait les matchs qu'ils diffusaient pendant la nuit. On s'achetait une caisse de bières, on allait chez Freddy Jasper et on…

– Earl ! beugle Brooke en se propulsant hors du lit. Elle a fait ça sans permission en nous mentant depuis des mois !

Le sourire d'Earl s'efface aussitôt : c'est le signal du garde-à-vous. Cette vision me rend si triste que les larmes que j'avais jusque-là retenues se mettent à couler et je les supplie, comme un détenu qui voudrait voir le soleil :

– S'il vous plaît ! Écoutez-moi, d'accord ? Pour la première fois de ma vie, je ne me sens pas nulle, je n'ai pas l'impression que quelque chose cloche chez moi.

– Je ne te laisserai pas traîner avec ces filles tatouées. Ça n'est pas distingué.

– Eh bien, répondé-je avec un soupir, nous avons une conception très différente de la distinction. J'ai eu tort de vous mentir et je suis vraiment désolée. Mais laissez-moi y aller. Je vous en prie. Papa ?

Mon père me fait face. Je sais qu'il aimerait me dire oui, mais ma mère lui jette un regard qui signifie « Earl Cavendar, ne t'avise pas d'y penser ». Enfin, il se décide :

– Tu as menti, petite. Je ne peux pas te couvrir.

Alors, je joue ma toute dernière carte. Je tourne les talons, me précipite dans ma chambre et claque la porte. Deux fois. Histoire qu'ils comprennent bien le message : JE VOUS HAIS TOUS LES DEUX.

La Grande Évasion (ou Steve McQueen et moi)

Assise dans ma chambre immaculée, je l'imagine prendre feu. Mais ce genre d'image ne vous réconforte que quelques minutes. Au bout du compte, je redeviens dingue.

Interdite de sortie jusqu'à nouvel ordre ? Brooke a pété un plomb ? Mon réveil indique 17 h 13. Malice m'attendra dans le parking du Bistrot dans dix-sept minutes. Et vous savez quoi ? Je serai au rendez-vous. Avec ou sans patins, je poserai mes fesses dans cette voiture et filerai à Austin.

J'attrape ma sacoche *Emily the Strange* et y fourre un maximum de vêtements, à faire lâcher les coutures. J'ouvre la fenêtre et me carapate, avant de piquer un sprint effréné pour rejoindre Malice à temps : un peu théâtral, certes, mais dur de ne pas se sentir pathétique quand on détale à perdre haleine dans les rues de Bodeen avec une sacoche *Emily the Strange* qui vous cogne la cuisse à chaque pas, et glisse de votre épaule toutes les deux minutes. D'un autre côté, j'imagine qu'il est difficile de se sauver de chez soi sans préméditation et avec désinvolture.

Heureusement, Malice est à l'heure. Elle fait un dérapage dans le parking, exactement comme dans un film de gangsters, avec une bande-son appropriée à fond les ballons (merci aux New York Dolls). J'ouvre la portière passager et jette un dernier regard au Bistrot, où j'aperçois Pash et Moineau qui travaillent comme des dingues (on reconnaît les gros bosseurs). Moineau me mime un « Bonne chance », tandis que Pash se détourne d'un air furieux.

Toi-même, chérie, lui dis-je silencieusement, tout en grimpant dans mon arche de Noé personnelle.

– Et ton attirail, Ruthless ? me demande Malice.

– Volé, répondé-je, sans vraiment mentir.

– Merde. Bon, pas d'inquiétude. Une des filles pourra sans doute te dépanner.

Cette Malice, c'est un vrai rayon de soleil. Rien n'est jamais un problème, il y a toujours une solution.

– Merci.

– Prête à enrayer les Roulettes russes ?

– Malice, je n'ai jamais été plus prête de toute ma vie.

Elle m'adresse un signe de tête plus qu'enthousiaste et me tend la main. Je tape dedans, tout en pensant : *Allez Dinah, fais-nous voir ce que tu as dans le ventre. Tu ne me fais pas peur.*

J'ai comme qui dirait une grosse dose de rage à évacuer.

Le péril trop jeune

Nous arrivons et Malice pousse la lourde porte de La Bonbonnière.

– OK, les meufs ! Quelqu'un a intérêt à avoir une paire de patins en quarante à prêter à Ruthless, hurle-t-elle pour couvrir le tohu-bohu d'avant-match (derniers coups de marteau sur la piste, bavardages des filles au sujet du maquillage le plus chargé, vous voyez le genre).

Mais aujourd'hui, le silence règne et il n'augure rien de bon. Une vraie gifle.

Blade se concerte avec les autres capitaines d'équipe. Ils se retournent aussitôt vers nous.

– Eh ben qu'est-ce qui vous prend ? Quelqu'un est mort, ou quoi ? s'exclame Malice pour conjurer le mutisme collectif.

– Malice, il faut qu'on parle, dit Blade. Bliss, reste là.

Lorsque Dinah me lance un sourire narquois, je ne comprends toujours pas la gravité de la situation.

Je suis un peu lente parfois, mais quelques minutes plus tard, tout est clair. Et accrochez-vous, car c'est la cata.

Il serait revenu aux oreilles de la fédération que je n'ai pas dix-huit ans révolus, mais seize. Ce qui, si vous voulez mon avis, n'a plus aucune importance à ce stade de la saison. Je patine aussi bien, sinon mieux, diront certains (pas moi, car je suis bien trop modeste), que les autres filles. Et Dieu sait que pour faire la fête, je ne suis pas la dernière… de ce point de vue, je suis très mature pour mon âge. Mais certains ne sont jamais contents.

Suite au débarquement des pompiers, les capitaines d'équipe craignent que le moindre problème ne puisse causer des ennuis à la fédération, ce que Malice m'explique plus clairement :

– Si tu te blessais, tes parents pourraient porter plainte et dissoudre entièrement la fédération.

Elle n'a pas tort. Vu la propension de ma mère à nuire aux autres, je la vois tout à fait menacer la fédé de poursuites. Ça ne serait pas la première fois. Mais pas question de le leur confirmer. J'ignore encore l'origine de leur suspicion. Et je deviens moi-même suspicieuse.

– Quelqu'un aurait entendu un flic dire que tu avais seize ans, pendant l'intervention des pompiers, poursuit Juanita.

– Dénonciation anonyme, ajoute Dinah avec une joie si manifeste qu'elle pourrait se faire tatouer « JE T'AI BALANCÉE » sur le front.

Je savais qu'elle aimait les coups tordus, mais je ne me doutais pas qu'elle descendrait aussi bas. Si je n'étais pas une jeune fille bien élevée et une citoyenne modèle, je lui aurais volontiers défoncé les dents à coups de patin. Si j'avais mes patins. Disons donc qu'elle a de la chance.

Au bord des larmes, Malice m'annonce :

– Désolée Ruthless, mais si tu ne peux pas prouver que tu as dix-huit ans, on ne peut pas te laisser jouer.

Note pour plus tard : les fausses cartes d'identité se révèlent définitivement plus utiles que prévu.

Toute notre équipe nous entoure. Je m'attends qu'elles soient furieuses, qu'elles se jettent sur moi, tel un gang de filles en expédition punitive pour me réduire en purée, mais, au lieu de ça, elles se montrent toutes adorables et… très déçues.

Enfin, Emma a une idée.

– Et si tes parents te donnaient la permission ? Avec une décharge de responsabilité, on ne serait plus passibles de poursuites.

Toutes les autres acquiescent : « Mais oui ! », « Pourquoi pas », « Ça vaut le coup d'essayer ».

Vraiment, ces filles sont toutes des crèmes, mais bien trop naïves pour affronter ma réalité parentale. J'ai omis de préciser que j'avais fugué deux heures plus tôt.

Tous les yeux sont braqués sur moi et tous leurs espoirs pour ce match reposent sur mes frêles épaules. Et pourtant, leur foi en moi est irrésistible. Je commence moi-même à y croire. Et ce genre de conviction est dangereux : il pousse à faire des choses stupides.

Biip... Biiip. Le portable de Malice à l'oreille, j'attends que mon père décroche.

– Allô ?

– Euh, Papa ?

– Bliss ! Où diable étais-tu passée ? Ta mère est folle d'inquiétude. Tu n'as rien ?

– Bien sûr que non !

– Tu en es sûre ?

– Non, Papa, je viens d'être kidnappée par des nababs saoudiens du pétrole et je suis en route vers Dubai, où je deviendrai la quatrième épouse dans un harem constitué uniquement d'otages blanches.

– C'est censé être drôle ?

– Un peu. Je vais bien, d'accord ? J'ai juste une petite faveur à te demander. Rien qu'entre nous deux.

– Quand est-ce que tu rentres ?

– Papa, ça te plaît que je fasse du roller derby, je le sais. Tu n'as jamais rien dit, mais je suis persuadée que la dictature des concours de beauté te gonfle autant que moi.

Pas de réponse.

– Alors, Papa, tu peux me jurer que tu ne poursuivras pas la fédé de derby si je joue ? Maman n'en saura jamais rien.

– Bliss.

– S'il te plaît ?

Un silence pesant s'installe.

– Bliss, je vais t'expliquer quelque chose.

– Quoi ?

– J'ai encore environ deux ans à passer avec toi, à la maison. Mais j'ai toute une vie à passer avec ta mère. Tu me suis ?

– Très bien. Tu ne lui tiendras jamais tête, n'est-ce pas ?

J'ignore ce qui m'a pris de même songer à l'appeler. Je ferme le portable de Malice et me tourne vers mes camarades pleines d'espoir.

– Désolée les filles, dis-je en secouant la tête.

– Tu auras essayé, soupire Barbie Turique en ajustant ses collants résille.

– Ça va aller ? me demande Malice.

– Oui, dis-je. Mais il va falloir que je vienne habiter chez toi.

– Pas de souci, dit-elle en me prenant par les épaules.

Quel est le but du jeu, déja?

J'aimerais infuser quelques affirmations nobles et réconfortantes du style « nous avons fait de notre mieux », « l'important c'est de participer » ou encore « il n'y a pas de perdantes » dans ma description du match. Mais pour résumer, les Roulettes russes ont laminé les Scouts en gerbe.

Depuis, Dinah parade comme le messie du derby envoyé sur Terre et j'ai toujours envie de lui défoncer la mâchoire avec mes patins imaginaires. Mais pour l'instant, j'ai mieux à faire. Je suis au téléphone.

En tant que nouvelle coloc de Malice, j'ai désormais un accès privilégié à son portable et j'en profite pour appeler Oliver avant qu'il monte sur scène à… où était-ce déjà ? Cleveland ou Cincinnati ? Aucune importance. L'important, c'est d'entendre sa voix. J'en ai un besoin viscéral. Sérieusement. Et puisque ses bras sont à l'autre bout du pays, je me contenterai de me blottir dans sa voix. Malheureusement, je n'obtiens que sa messagerie :

Salut, c'est Oliver. Laissez-moi un mot doux après le bip.

Il a beau s'agir d'un message enregistré, cette preuve sonore de son existence me console un peu. J'oublie volontairement de parler rien que pour pouvoir le rappeler et réécouter sa voix… ou peut-être lui donner l'occasion de répondre. Mais non : c'est encore le répondeur.

Après une profonde inspiration, je m'embourbe dans un monologue qui, selon ma mémoire défaillante, devait ressembler à :

– Hé la rock star ! C'est moi. Ça gaze ? Moi ça va, enfin… Non, en fait, ça ne va pas. Je suis en guerre contre le monde entier, aujourd'hui, et c'est lui qui gagne. Et puis… je me suis en quelque sorte enfuie de chez moi – longue histoire – donc tu peux me joindre sur le portable de Malice. Quand tu auras le temps… Ta voix me manque… Et euh, le reste aussi.

Actuellement en pleine déconfiture (et croyez-moi, plus la confiture est sucrée, plus la déconfiture est amère) je suis soulagée d'avoir sa veste. C'est mon nouveau doudou.

Je m'écroule sur le Clic-Clac de Malice, dans son petit appartement parfait rempli de vieilleries chinées ici et là. L'écho du Velvet Underground me parvient de sa chambre.

Je ne pense qu'à Oliver et le manque se transforme peu à peu en douleur. Son absence devient un mal physique, qui se répand de mon estomac jusqu'à la plante de mes pieds.

Vivement demain qu'il me rappelle et qu'on puisse parler pendant quelques minutes.

Malice prend mon emménagement très au sérieux. Refusant de me laisser sécher les cours, elle insiste pour se lever à cette « putain d'heure pas chrétienne » afin de me ramener à Bodeen à temps pour le lycée. Elle me prépare même un déjeuner : un Burrito surgelé réchauffé au micro-ondes et enveloppé dans du papier alu pour le maintenair au chaud, ainsi qu'une banane ayant passé la date de péremption. C'est l'intention qui compte.

Elle me dépose au lycée, en robe de chambre psychédélique des années 60 – sérieuse alternative au café. Un coup d'œil à cet imprimé fluo vous réveille aussitôt. Le vêtement attire les regards désapprobateurs de mes chers camarades, mais Malice n'est pas du genre à se laisser faire :

– Hé, nabot, lance-t-elle à Matt Holtzman qui grimace au passage, moi je préférerais mourir que de me balader avec ce pantalon en lin à pinces, alors ferme-la.

– Tu sais, Bliss, me dit-elle avec un sourire, si je devais subir ce désert culturel au quotidien, moi aussi je me serais tirée de chez moi pour faire du roller derby.

Enfin ! Enfin quelqu'un qui me comprend.

– Malice, tu ne veux pas m'adopter ?

– Pas possible, j'ai déjà du mal à payer mes propres études.

Puis soudain, elle devient sérieuse. Sérieuse comme une conseillère d'orientation, mais sans les bijoux en forme d'abeille.

– Ruthless, poursuit-elle en piochant dans un paquet de Curly douteux qu'elle vient d'attraper sous son siège, tu sais que je suis dingue de toi, toutes les filles le sont, mais un jour ou l'autre, tu devras rentrer chez toi pour régler les choses avec tes vieux.

– Impossible. Ils ne me comprendront jamais.

– Laisse-leur une chance. Mes parents me considèrent toujours comme une vraie barge, mais je sais qu'ils m'aiment.

Ils n'ont peut-être pas tort : avec sa robe de chambre de hippie, ses Curly moisis et le café froid qu'elle boit dans un mug imprimé « Le meilleur papy du monde », Malice et sa philosophie pourraient facilement demeurer incomprises.

– Je soutiens à fond la rébellion, ajoute-t-elle, mais parfois, il faut savoir organiser la paix.

Il est un peu tôt pour ingérer la leçon de morale improvisée, aussi je souris en claquant la portière.

– Merci, M'man !

– Au revoir, trésor, susurre-t-elle d'une voix de parfaite ménagère tout droit sortie des années 50. Et sois sage à l'école.

Sans me retourner, je lui fais signe et marche droit. Elle approuve d'un coup de klaxon.

Pourquoi rentrer chez mes parents maintenant que j'ai Malice ?

Un cadeau pour toujours

Pour les losers dans mon genre, l'unique refuge est le CDI. J'aimerais vous dire que j'ai dévoré les classiques et élargi mes horizons, mais, ces derniers jours, j'ai passé le plus clair de mon temps libre les yeux rivés sur l'un des vingt-trois ordinateurs du lycée – le plus grand réseau Wi-Fi de Bodeen.

Techniquement, ils sont réservés aux travaux scolaires (comme nous le rappellent plusieurs feuilles affichées aux murs), mais personne n'est dupe. Facebook conquiert le monde et je suis le mouvement.

Les meilleures affichettes sont celles rehaussées de bordures fluo qui nous mettent en garde contre les « sites pour adultes » (aussi appelés sites pornos). Le moindre élève qui oserait prendre du bon temps sur les postes informatiques serait aussitôt viré.

Malgré les avertissements terrifiants, chaque année, quelqu'un réussit à contourner le ridicule dispositif de sécurité et expose un téton en fond d'écran. Si l'idée que des lycéens bavent sur des paires de seins siliconés et des foufounes mal épilées me répugne, il est tout de même hilarant de voir ces adultes complètement dépassés se faire duper par des ados qu'on veut protéger d'eux-mêmes. C'est comique, alors je soutiens.

Cet accès gratuit m'arrange. La pause du déjeuner file bien plus vite quand je me console sur Facebook avec mes amis virtuels. Cette addiction me passera sûrement rapidement.

Je jette un œil au site officiel des Stats, afin de vérifier si Dylan, leur batteur et informaticien attitré, a fait quelques mises à jour. Rien.

Oliver essaie-t-il de me joindre sur le portable de Malice, à l'heure qu'il est ? Elle aurait dû me laisser sécher – j'aurais pu attendre son coup de fil toute la journée.

Je clique sur le scrapbook de tournée, la nouvelle rubrique du site. Aaah, voilà donc où Dylan a fourré toutes les nouveautés. Je passe en revue les photos, qui se résument à trois catégories :

1) Un membre du groupe sur scène, qui joue, généralement nimbé de lumière bleue, parfois rouge.

2) Le groupe dans un boui-boui quelconque à se goinfrer de nourriture pas chère.

3) Le groupe, en nage après un concert, une bière dans une main, une clope dans l'autre, à discuter avec des gens qu'ils viennent manifestement de rencontrer. Des fans.

Je ne sais comment l'exprimer, mais voir Oliver en photo me donne le mal du pays. J'ignorais qu'il pouvait s'appliquer à quelqu'un, surtout quand cette personne voyage. C'est pourtant le cas. Sans doute parce que mon cœur est resté avec Oliver. Je jette un œil à l'imprimante située près de la banque de prêt, à la sortie, en me demandant si j'arriverais à sortir en douce mon cliché favori du bassiste. En l'apercevant, j'en fais presque une attaque. Il tient sa basse dans sa posture classique : tête baissée, cheveux dans les yeux, qui laissent entrevoir un œil et un petit sourire. Comme s'il tentait de rester cool, mais ne pouvait s'empêcher d'être content. Et le plus beau : il porte mon tee-shirt Stryper adoré. Sur scène !

Je n'aurais jamais cru qu'un tee-shirt représentant des métalleux en Spandex puisse être aussi sexy. Sur les larges épaules de mon homme, il est à tomber.

Soudain, comme un crime qui vous marque à jamais, tout bascule. Pour le pire. Je remarque une autre photo de mon tee-shirt Stryper. Sur la miniature, impossible de le distinguer clairement, mais, en l'agrandissant, mon cœur s'emballe. Le cliché emplit brusquement l'écran, révélant une réalité que je ne suis pas prête à encaisser. Comme si je traversais gaiement la rue, par une belle journée ensoleillée et, d'un seul coup, bam ! Une grosse voiture me percute.

Mon tee-shirt Stryper est bien sur l'image. Oliver y figure aussi, mais ça n'est pas lui qui le porte. C'est quelqu'un d'autre. Une blonde. Une fille souriante qui à partir d'aujourd'hui et pour le restant de mes jours sera la SALOPE DE BLONDE QUI PORTE MON TEE-SHIRT STRYPER. Et elle est sur Oliver, littéralement. Ses mains, son corps, mais aussi les restes de son rouge à lèvres. Et ils ont l'air scandaleusement heureux.

Oliver prend visiblement du bon temps avec la SDBQPMTS. Après quelques minutes d'enquête, je découvre une autre photo prise par Hank, où nos tourtereaux se tripotent contre la fourgonnette.

À bien y réfléchir, je crois que j'aurais préféré qu'une grosse voiture me percute. Au moins, je serais dans le coma. Or, je suis éveillée. J'ai l'impression que mon corps a pris feu et il faut que je foute le camp d'ici. De cet ordinateur, de ce CDI, de ce lycée, de cette ville, de cette planète.

Je dois partir.

Cours, Forest

Il est prouvé qu'en situation de crise, l'homme peut faire preuve d'une incroyable force physique. Voilà comment j'ai pu filer au nez et à la barbe du pion chargé de surveiller les allées et venues dans le lycée. À Bodeen, on ne plaisante pas vis-à-vis de ceux qui se tirent en milieu de journée sans autorisation. Mais que pouvaient-ils contre une fille au cœur brisé ? Ils n'avaient pas la moindre chance.

Tout ce que je sais, c'est que j'ignore où je vais et que je ne peux pas m'arrêter de courir. J'ai l'impression d'être nue : le soleil me brûle, l'air me pique, et je suis incapable d'échapper à ce raz-de-marée de douleur qui me submerge d'un seul coup.

Bon Dieu, que vient-il de m'arriver ?

Dans mon esprit, une bande-annonce de mon histoire avec Oliver passe en boucle : la première rencontre, au match de derby, quand je l'appelais encore Sexy Boy ; l'écoute du Velvet Underground avec lui ; ma surprise de l'apercevoir sur le parking du Bistrot du Groin, nos parties de Débandade ; les discussions à trois heures du mat' ; ses baisers, les miens, la musique, la musique, la musique, les fous rires, les fous rires, les fous rires.

Tout ça, c'était bidon.

Qu'ai-je fait de travers ? N'étais-je pas assez bien pour lui ? Comment Malice pouvait-elle avoir raison ?

J'ai essayé d'être prudente, de le tenir à distance à coups de sarcasmes, de rendez-vous innocents ; de lui montrer que je n'étais pas une fille facile, que je n'allais pas perdre la tête pour un type qui joue de la guitare. Je l'ai forcé à me prouver sa sincérité et il l'a fait. Alors, je lui ai tout abandonné : ma confiance, mon cœur, mon âme, tout. Je lui ai tout abandonné, cinq fois de suite dans sa chambre, pendant que je reléguais ma meilleure amie aux oubliettes.

Et aujourd'hui, je voudrais pouvoir tout reprendre.

De plus en plus bas

J'ai dû perdre connaissance : j'ignore comment je suis arrivée là. Je suis assise par terre, dans une cuisine qui m'est familière, devant la porte d'un énorme frigo.

Je réalise soudain que j'ai faim. Ou plutôt, un besoin compulsif d'ingurgiter de la nourriture, pour ne pas hurler. Ça vous paraît sensé ? Certainement pas, mais je me noie dans ma douleur. J'ouvre grand le réfrigérateur et le vide de son contenu, déposant tout à même le sol. Bingo ! Je mets la main sur un reste de hachis parmentier. J'adore le hachis parmentier. Je retire le couvercle du Tupperware et attaque la bête.

Un tintement de clés résonne au loin, mais je m'empiffre de plus belle, repoussant les pensées chimériques (« Tout ça n'est qu'un énorme malentendu, Oliver n'aime que moi. ») qui m'assaillent. Trop intelligente pour me mentir, je me sens pourtant stupide. Les scénarios fantaisistes n'y changeront rien : Oliver s'est servi de moi.

Je lève la tête et l'aperçois. Brooke. Complètement à côté de mes pompes, je n'ai même pas réalisé que j'étais chez moi. Ça n'était pas prémédité (je n'avais rien prévu, mais je ne m'attendais pas à atterrir ici).

Elle me regarde. Je la regarde.

Partie depuis trois jours, j'ai l'impression que trois ans se sont écoulés. Elle ne soupçonne pas ce que j'ai pu endurer. Comme un animal acculé, pétrifié, je panique et cherche une issue inexistante.

Je suis incapable de trouver mes mots. Tout ce que je peux articuler c'est : « S'il te plaît, ne… » avant que le barrage qui retenait mes larmes ne cède et qu'un tsunami de pleurs ne me submerge. Me voir pleurer comme un bébé dans le hachis parmentier lui procure sans doute une énorme satisfaction, mais je ne peux plus m'arrêter.

Brooke avance d'un pas et je rassemble mon courage pour encaisser la dispute qu'elle s'apprête à déclencher. Elle peut me priver de sortie jusqu'à la retraite, je n'ai pas l'énergie de protester. Qu'elle décide de la sentence, j'accepte.

Pourtant, il se produit autre chose. Elle pose une main sur sa poitrine et gémit :

– Oh, mon sucre d'orge…

Elle écarte une plaquette de beurre allégé d'un coup de pied et s'agenouille à côté de moi. Je pleure si fort qu'il me faut quelques secondes pour comprendre qu'elle me serre dans ses bras en me berçant. Elle est si douce, si câline… soudain, j'ai cinq ans et ma mère m'enveloppe de sa tendresse.

Riez si vous voulez, c'est la vérité.

S'agit-il d'un langage secret entre mères et filles ? Je ne lui ai jamais dit un mot au sujet d'Oliver, mais elle semble savoir ce qui m'anéantit. Elle passe la main dans mes cheveux et ne me murmure qu'une chose :

– Qui qu'il soit, il ne te mérite pas.

– Maman, je crois que je vais mourir.

– Non, tu ne vas pas mourir.

– Si, je t'assure, je crois vraiment que je vais mourir. Il lui a donné mon tee-shirt Stryper : elle le portait. Comment peut-on faire une chose pareille ?

Sans me lâcher, elle répond :

– Stryper ? Je les ai vus, en première année de fac. Bon sang, leurs coiffures étaient encore plus volumineuses que la mienne.

J'éclate de rire. J'imagine ma mère dans les années 80, danser au son du heavy metal chrétien et reprendre en chœur « Au diable Satan ! ». Ça a quelque chose de cool. Et elle n'en est même pas consciente.

Allez-y, dites-le. Allez : ______ (on ne prononce plus son nom) m'a brisé le cœur, et moi je cours pleurer dans les jupes de ma mère. Bon, et alors ? Ça n'est pas cool, mais je m'en fiche. Pour l'instant, j'essaie de survivre. J'envisage le pace maker.

Je regagne ma chambre où je dors environ mille ans, d'un sommeil proche du coma. La vie a beau être géniale chez Malice, impossible d'y faire une nuit complète. C'est dans cette chambre idiote, dans cette maison idiote, dans cette ville idiote que je dors le mieux. Sans doute parce que c'est chez moi. Encore pour quelque temps.

Je suis réveillée par mon odeur favorite : celle des cupcakes tout chauds. Ma mère frappe à la porte et entre avec un plateau de cupcakes maison au chocolat (du cœur jusqu'au glaçage). C'est une explosion atomique de calories, mais, une fois de temps en temps, c'est divin.

– Merci, Maman, mais vraiment, je n'ai pas très faim.

Elle pose les gâteaux près de ma stéréo, « au cas où je changerais d'avis ». Ce que je fais aussitôt.

Mon père passe dans le couloir.

– Ah, te voilà, dit-il en souriant. Tu es rentrée à temps. J'allais réquisitionner ta chambre pour en faire une salle de foot. Je comptais acheter un écran plat et…

Je lui jette un regard noir (« N'imagine même pas peindre des petits ballons de foot sur les murs de ma chambre. ») et il me donne une tape sur le bras.

– Content de te revoir, petite.

– Désolée d'avoir été une vraie garce au téléphone.

– C'est déjà oublié, répond-il en agitant la main.

Il m'embrasse sur le front, vole un cupcakes au passage et quitte la pièce. Ma mère le suit, et conclut :

– On peut oublier cette histoire de punition pour l'instant, tu ne crois pas ?

Alors à mon avis, voilà la recette secrète de la magnanimité parentale : une grosse dispute, et une fugue. Laissez mijoter pendant trois jours avant de rentrer à l'état de serpillière émotionnelle. Là, les parents ne peuvent plus s'en prendre à vous. Ce qui est une bonne chose, car j'ignore si j'aurais pu le supporter.

Me faire piétiner le cœur par ______ est une punition suffisante.

Vu l'ambiance zen, je décide de faire un effort dans la même direction.

– Maman. Si tu tiens vraiment à ce que je participe à Miss Bleuet, je le ferai, lui dis-je.

Elle se retourne.

– Eh bien, je ne veux pas t'obliger…

– Non. J'ai envie le faire.

C'est un mensonge, bien sûr, mais je n'en mourrai pas. Un dernier fiasco en concours. Je ferai mes adieux à la scène en beauté.

– Eh bien, répond ma mère soudain guillerette, ça fera un bien fou à mon petit cœur.

Pash, le retour

Puisque ma mère et moi avons trouvé un terrain d'entente, tous les espoirs sont permis avec Pash.

Après m'être levée tôt, je me faufile jusque chez elle et me glisse dans sa voiture, où je l'attends, cachée derrière le siège. Elle ne me remarque même pas lorsqu'elle jette ses livres à l'arrière avant de monter. Les livres volent à quelques millimètres de mon visage. Heureusement, elle vise mal, sinon j'étais défigurée.

Elle démarre et augmente le son du dernier album des Killers. (Hein ? Je croyais pourtant que nous étions d'accord. À l'exception du charme efficace de *Mr. Brightside*, ce groupe est juste une mode !).

Je la laisse parcourir quelques rues avant de me redresser telle une créature cauchemardesque dans un film d'horreur. Pash pousse un cri et écrase la pédale de frein.

– Bon Dieu, Bliss, tu m'as fichu une de ces trouilles ! hurle-t-elle dans le rétroviseur.

– Désolée, mais il fallait que je te parle sans que tu puisses filer ou raccrocher. Et puis tu ne verrouilles jamais tes portières, alors retiens la leçon. Et si j'étais un dingue? Tu serais déjà kidnappée.

– Crache le morceau, réplique-t-elle en levant les yeux au ciel.

– Écoute, je suis bannie du Royaume Pashien et j'ai conscience de le mériter. J'ai été la pire des amies et quoi qu'il arrive, je voulais juste que tu saches à quel point j'étais navrée d'avoir fichu ta moyenne en l'air. C'est tout.

Pash ralentit à un feu rouge et je me glisse de la banquette arrière jusqu'au siège passager pour descendre de voiture. À la dernière seconde, je sens qu'une main saisit mon gilet.

– Reviens ici, espèce d'andouille, me sermonne-t-elle.

Et comme ça, elle me rouvre les portes dorées de son amitié.

– Tu m'as manqué, lui dis-je en la serrant joyeusement dans mes bras.

– Toi aussi. Estime-toi heureuse que je sois encore la première de la classe, sinon ça n'aurait pas pu marcher entre nous.

Et même si le purgatoire de l'amitié, c'était pas la joie, c'est tellement bon d'être pardonnée que ça vaudrait presque la peine d'avoir tout foiré. Presque.

Sept jours plus tard

Pash et moi retrouvons aussitôt nos marques, ce qui me permet d'aborder beaucoup plus sereinement les préparatifs de Miss Bleuet. Pour me remettre de la honte d'avoir défilé sur un podium, vêtue d'une robe brodée de bleuets, rien ne vaut un chapardage de chaussettes hautes chez Wal-Mart. Ainsi, j'évite de penser à ______ et à ses mensonges. Trop y réfléchir me fait souffrir et je refuse de le laisser me miner. Il ne le mérite pas.

Pash me soutient et organise une thérapie contre le blues du *boyfriend*. On brûle la veste à capuche d'______ dans un champ, derrière le Bistrot du Groin, avec toutes les compils musicales qu'il m'avait gravées sur CD. C'est radical, mais nécessaire, vu la situation. Autrement, je serais sûrement tentée d'en faire une obsession.

Au boulot, Pash se montre sceptique quant à ma participation à Miss Bleuet. Particulièrement en me voyant revenir du salon de coiffure « Teins-toi et boucle-la » sans teinture bleue.

Mais Pash ne peut pas comprendre. Elle n'a pas assisté à la scène dans la cuisine, où ma mère m'a ramassée sur le carrelage sans une remarque désobligeante. Et puis, ce concours est un rite de passage pour les filles Cavendar. Mamie a raflé la couronne, Maman aussi, je me dois d'essayer. Même si je ne me fais aucune illusion. Soyons sérieux. Samedi, ce sera le Corbi show, du début jusqu'à la fin.

Et à la seconde où on lui décerne son titre, je file me refaire une couleur.

Ah, et je tiens une révélation croustillante de Pash, suite à notre grande réconciliation. Cramponnez-vous, mes petits, ça vaut le détour.

Pash et Le Moineau sont ensemble. Enfin, je crois. Vous m'avez bien entendue. Ma bombe et notre gringalet de bistrotier en chef se sont trouvés.

Incapable de m'expliquer ce rebondissement amoureux, je vous laisse sans plus tarder avec Pash Amini – mot pour mot :

Bliss, j'étais mal dans ma peau, d'accord ? Tu m'avais abandonnée, j'étais à deux doigts de toucher le fond et mon projet pour « La meilleure compil iPod de Pash Amini » était au point mort. C'était un samedi soir, Le Moineau me faisait la leçon sur le nettoyage du grill et je ne sais pas… je l'ai attrapé par le col de sa chemise, avec la ferme intention de le frapper, mais j'ai fini par l'embrasser. Je n'ai aucune excuse, mais c'est arrivé. Évidemment, je l'ai aussitôt lâché en le prévenant que ça ne se reproduirait jamais.

Mais le problème (et c'est là que ça devient bizarre), c'est que Le Moineau embrasse comme un dieu. On dirait qu'il a des éclairs à la place des lèvres. Je ne pensais qu'à ça. J'en voulais encore. Et je réalisais à quel point nous étions devenus proches, depuis qu'on ne se parlait plus, toi et moi.

Au début, c'était juste par dépit, mais tu sais quoi ? Lorsqu'il arrête son numéro, il est vraiment… cool. C'est un type intelligent, drôle, il connaît tout un tas de trucs complètement inutiles, et il est ouvert à la bonne musique.

Côté vestimentaire, c'est un peu désespérant, mais j'y travaille. Tu as remarqué qu'il avait rasé sa moustache naissante ? Tu peux me remercier !

Et puis, il embrasse comme un dieu !

Pash s'effondre sur mon lit avec un soupir d'extase.

– Tu ne vas pas le persuader de se faire une crête, quand même ? Parce que je ne pense pas que le monde soit prêt pour un Moineau à moitié chauve, lui dis-je tâchant de m'habituer à la curieuse idée de les voir en couple.

– Jamais, promet-elle.

– Bon, dans ce cas, je suis ravie pour toi.

Elle se dresse d'un bond, soudain sur la défensive.

– Attends un peu. Le Moineau n'est pas mon copain. C'est juste un… coup de théâtre.

Cause toujours. Mon petit doigt me dit qu'ils seront officiellement ensemble sous peu.

Et puis, personne ne peut nier que Le Moineau a bon fond. C'est un gentil garçon, pas un salaud qui donnerait votre tee-shirt Stryper favori à la première traînée venue, en oubliant si facilement votre existence.

Tandis que Pash poursuit son inventaire des vertus du Moineau, mon père frappe à la porte.

– Bliss, téléphone pour toi. Une certaine Malice ? Au Pays des Merveilles ? ajoute-t-il d'un ton hésitant, comme s'il n'était pas sûr d'avoir bien compris.

– Merci, Papa. Je prends, dis-je en attrapant le combiné. Salut Malice, quoi de neuf ?

Dans le fond, je perçois l'écho d'une soirée derby qui bat son plein. Les Scouts en gerbe s'activent pour préparer le championnat, une vaine revanche contre les Roulettes russes.

– Ruthless ! me crie Malice. Jure-moi que tu viendras au moins nous encourager pour le match.

J'entends Kid Vicious, Barbie Turique et Emma Tamor parler dans le dos de Malice.

– Oui ! hurle Barbie. Sans toi, il n'y a pas d'équipe.

– Je ne peux pas, lui dis-je. Ça tombe le soir de mon concours. Mais je serai avec vous par la pensée.

Ce qui ne veut strictement rien dire. Quand je raccroche, Pash me dévisage.

– Ça te manque, pas vrai ?

– Nooon.

– Tu es la pire menteuse que je connaisse, conclut-elle avant de se relancer dans un éloge du Moineau, comme si nous n'en avions pas assez discuté ce soir…

Bon sang de bon sang. Si le syndrome du strass de ma mère me rendait dingue, ça n'était rien comparé à sa transformation en monstre mutant le jour du concours. Mesdames et Messieurs, voici Couronne-zilla.

À chaque tour de pendule, je suis inspectée, vérifiée, tripotée, rajustée et nous n'avons même pas encore atteint la salle où se dérouleront les festivités.

S'imagine-t-elle vraiment que j'ai une chance ? J'ai envie d'agiter la main en criant : « Coucou, tu te souviens de moi ? Je suis Bliss, celle qui rapporte les "Certificats de participation", pas les couronnes. » Ça ne servirait à rien. J'ai affaire à une femme déterminée et pour mon dernier concours, à quoi bon me rebeller ? (Oui, bon, OK, il y a toujours de quoi se rebeller face à des institutions qui récompensent la beauté, mais vous avez devant vous une nouvelle Bliss, plus mûre et plus pacifiste.)

Deux heures, une robe sur mesure et une centaine de clichés plus tard, on me parque dans les coulisses devant une coiffeuse, pour mon maquillage. J'ai entraîné Pash avec moi, officiellement comme porte-bonheur, mais au fond, elle me tient juste compagnie pour m'éviter de perdre la boule et d'étrangler toutes les oies blanches qui m'entourent.

Tandis que Corbi et ses clones s'agitent bruyamment en coulisse, Pash et moi traînons devant la coiffeuse. J'applique une ombre à paupières bleue et Pash simule des convulsions.

– Arrête ! lui dis-je en riant, massacrant ce maquillage hideux.

– Je suis désolée, je ne peux pas te regarder faire ça, déclare-t-elle.

– Hé ! Si je gagne, on aura droit à un an de glaces Bleuet gratuites.

– Alors, étale-moi ces paillettes, et vite ! aboie-t-elle en feuilletant un vieux magazine.

Elle se moque des actrices anorexiques que tout le monde adule.

– En fait, tu devrais leur faire don de tes glaces.

– Tu as raison. Pour toutes les filles d'Hollywood qui ont faim : voici votre salut au rhum raisin.

Sans Pash Amini et son show, toute cette aventure me paraîtrait bien pénible. Même ma mère m'abandonne à ses bons soins et butine dans le public, comme c'est la coutume à Concours-ville.

Aux alentours de 18 h 07, nous sommes informées que le spectacle débutera à 18 h 30 exactement et que nous devrons porter notre « tenue d'après-midi », ce qui, dans leur jargon, signifie « tailleur ».

À 18 h 11, la sortie de secours s'ouvre tout grand pour laisser entrer le clash culturel le plus effarant que Bodeen ait connu.

J'entends la voix d'Emma Tamor :

– Bliss, lâche ce gloss et éloigne-toi du miroir.

Je me retourne et aperçois mon équipe de roller derby, les Scouts en gerbe au grand complet. En me regardant, Barbie paraît encore plus choquée que moi.

– Ruthless ! Qu'est-ce que tu as fait à tes cheveux ? J'ai vu des montgolfières moins gonflées que ça.

– Ça, dis-je en tapotant mon énorme chignon laqué, c'est le style de Bodeen.

– Voilà pourquoi il faut qu'on te sorte de là, rétorque Kid Vicious.

– Comment ça ?

Soudain je vois mes vies de Miss et de Derby Girl se télescoper devant mes yeux.

– On a soumis la question au vote, explique Barbie en lançant quelques regards aussi meurtriers qu'hilarants à Corbi, et les Scouts ont décidé qu'elles préféraient déclarer forfait plutôt que de patiner sans Babe Ruthless.

– Vas-y, renchérit Pash qui soutient ma cause.

Flattée, je m'exclame :

– Espèce de barges ! C'est génial que vous soyez là. Mais vous oubliez ma mère. Avant de fuir, je devrai lui passer sur le corps.

Puisqu'on parle du loup, je l'entends s'approcher du vestiaire.

– Bliss ? Bliss Cavendar, où es-tu ? appelle-t-elle.

Je pâlis, à devenir transparente, et fais volte-face en agitant frénétiquement les bras.

– Les filles ! Ma mère arrive, planquez-vous !

Elles s'éclipsent dans toutes les directions, essayant de se fondre entre les concurrentes de Miss Bleuet. Le cœur battant, je regarde Brooke qui s'avance vers moi.

– Salut, Maman ! dis-je d'un air détaché.

Rien à voir ici, retourne à tes occupations. Elle me jette un regard pénétrant, qui augure une conversation sérieuse. Je prie pour qu'elle soit courte.

– Sucre d'orge, je voulais seulement te donner un petit cadeau porte-bonheur pour ta grande soirée, annonce-t-elle en me tendant un sac en papier kraft – pas du tout le genre de paquet cadeau que ma mère a l'habitude de faire. J'ouvre le sac et en sort… je n'en crois pas mes yeux ! Mes patins à roulettes !

Mes patins ! Mes patins ! Mes patins ! Mes patins ! Mes patins ! Mes patins !

– Et maintenant, ajoute-t-elle. Fichons le camp d'ici !

– Pardon ?

– Shania a ça dans le sang. Elle sera Miss Bleuet, un jour. Mais toi, tu es Babe Ruthless. Et tu as un championnat à gagner.

Je réalise alors qu'elle me rend non seulement mes patins, mais aussi ma liberté. Je verse des larmes de gratitude. Ma mère, qui a des yeux derrière la tête, embrasse le vestiaire du regard et lance :

– Dites-moi, les filles, laquelle d'entre vous a trouvé le surnom de « Babe Ruthless » ?

Le bras tatoué de Malice se lève timidement derrière un portique chargé de robes froufroutantes.

– Bien pensé, ajoute ma mère, mais je ne veux pas le voir tatoué sur son bras.

– Promis, répond Malice en la serrant contre elle avant de s'écrier : Merci M'man !

Une enquête approfondie révélera plus tard que c'est Earl qui a mouillé la chemise pour moi. Chantage ? Violence ? Menace de manifestation publique ? En tout cas, son plan a marché. Et pour moi, ça compte davantage que le résultat du match.

Respect à Brooke pour m'avoir ouvert la porte de la cage Miss Bleuet. Pour elle, tourner la clé n'a pas dû être facile.

V comme

Ce doit être le plus beau revers de fortune de toute l'histoire de notre modeste fédération : une heure plus tard, j'ai revêtu mon uniforme de Scout, prête à en découdre. Je persuade mes coéquipières de garder secrète la nouvelle de mon retour fracassant avec un scénario efficace :

– Allez, on ne dit rien à personne avant le tour d'honneur… Et alors, Atom Bomb annoncera… « Baaaaabe Ruthless ».

– Oui, les Roulettes flipperont comme des malades, ajoute Emma pour me soutenir.

Et nous y voilà : le championnat de la saison. Les Scouts en gerbe contre les Roulettes russes, toujours invaincues (ça commence à bien faire les « youhou, vous avez encore gagné, hip, hip, hip », etc.). Tout le monde s'attend que les Roulettes décrochent le titre sans un accroc à leurs collants résille.

Mais ce qui est beau dans la vie – je l'apprends à mes dépens – c'est l'imprévu. Et quand Atom Bomb m'annonce enfin, la foule est en plein délire.

Aaaah. C'est bon d'être de retour, mais le plus jouissif, c'est la stupéfaction sur le visage de Dinah. Je souris en imaginant le grain de sable dans ses rouages, et je distingue presque un petit nuage de fumée qui lui sort des oreilles.

On vient de me servir ma vengeance sur un plateau et je mentirais en disant que je n'en savoure pas chaque miette.

Depuis la piste, j'aperçois ma famille dans les gradins, coincée au milieu d'un groupe de rockers rétro costauds avec des tatouages partout sur les bras. Spectacle hilarant d'une Brooke proprement terrifiée, qui serre Shania sur ses genoux. Earl jette quelques regards perdus autour de lui, attendant qu'on lui explique comment se comporter.

Je songe alors que si j'avais un appareil photo, le cliché familial ferait un effet bœuf sur nos cartes de vœux (même si ça n'est pas de mon ressort). Ça serait génial.

Razor donne le coup d'envoi, et le match commence.

N'ayant plus patiné depuis deux semaines, il me faut un ou deux rounds pour retrouver mes marques et les Roulettes russes, emmenées par Dinah, en profitent pour mener 11 à 6.

Déjà leurs fans scandent : « Rou-lettes ! Roulettes ! »

Mais vous savez quoi ? Je n'ai pas menti à ma famille et même fugué pour laisser Dinah Mite me voler la vedette le jour où j'ai une chance de faire comprendre à mes parents ce qui a bouleversé mon existence. Ils n'auront peut-être pas une Miss Bleuet, mais ils vont voir ce dont Babe Ruthless est capable. Et pas plus tard que tout de suite !

Au round suivant, je me faufile entre les jambes d'Alice Tériose pour franchir le mur. Je termine un tour de piste pour marquer. Emma se tient en équilibre sur une jambe et j'attrape l'autre pour me propulser (à la texane) vers l'extérieur de la piste, évitant toutes les Roulettes russes.

Et on recommence, encore et encore, jusqu'à prendre la tête. Les cris des spectateurs passent de « Rou-lettes ! Rou-lettes ! » à « Ruth-less ! Ruth-less ! ». L'ambiance s'électrise dans le public, anticipant une défaite historique des Roulettes russes. Comme je le comprends.

– Les Roulettes russes ont peut-être plus d'une balle dans le barillet, hurle Atom Bomb depuis son box, mais ces Scouts sont sur le point de remporter leur badge de la victoire !

Je lève les yeux vers les gradins et j'aperçois ma mère, Earl et Shania, debout et en délire. Brooke bondit comme une furie et tape dans la main d'un des rockers rétro tatoués. La voilà, ma carte de vœux.

À l'avant-dernier round, le score est de 34 pour les Roulettes contre 38 pour les Scouts. Si les équipières de Dinah m'empêchent de marquer, elles pourraient égaliser. Mais avec des si… Je me fiche de savoir ce qu'elles ont sous la jupette, pas question de flancher.

Dinah et moi nous alignons pour le dernier round en échangeant des coups d'œil meurtriers. Pour quelqu'un qui s'apprête à perdre, elle semble bien sûre d'elle, même si, de près, on peut voir l'angoisse dans son regard fou.

– Tu ne pourras pas gagner, Ruthless, lâche-t-elle froidement.

– Tu peux lécher mes patins, Dinah, dis-je avec un sourire.

Le sifflet retentit et nous partons toutes les deux comme des fusées. Dinah me coupe la route au premier virage et s'échappe. Je joue des appuis, donnant tout ce que j'ai dans les cuisses. Malice et Emma forment un mur pour bloquer Dinah, mais elle se baisse et prend la tangente.

La foule apprécie. Je saute par-dessus le patin d'Alice pour esquiver le mur tandis que Dinah a presque un demi-tour d'avance et récolte ses points. *Fonce, fonce, fonce,* me dis-je, *ne laisse pas tomber, vas-y !*

On repart, je suis plus rapide, mais Dinah me rattrape. J'ai trois petites secondes, où elle aurait la possibilité de dépasser mes coéquipières pour glaner les points avant que j'aie eu la chance de marquer. *N'abandonne pas ! N'abandonne pas !*

Dinah fait un écart pour éviter Emma, mais Malice nous offre un placage à la Superman au moment opportun. Elle envoie valser Dinah avec une telle force que toutes les autres filles dégringolent avec elle.

Ce n'est plus sur un mur, mais sur un empilement de Roulettes russes et de Scouts que je me précipite. Je ferme les yeux, fais ma prière et saute par-dessus le carambolage… Et je passe ! Bon, OK, je manque de retomber sur mes fesses, mais j'amortis avec un dérapage sur un genou, avant de me remettre debout. Je compense mon manque de style par une floppée de points : quatre pour les Scouts, zéro pour les Roulettes !

On se jette dans les bras les unes des autres en pleurant de joie, comme si c'était le plus beau jour de notre vie. Une chose est certaine : voir une bande de *bad girls* faire fondre leur eye-liner en versant des larmes de crocodile est un spectacle plutôt hilarant.

Je vous fais grâce du couplet d'autosatisfaction, mais, il faut bien le reconnaître, remporter ce championnat est carrément jouissif.

Papa, Maman et Shania descendent des gradins et m'entourent pour me serrer dans leurs bras.

Mon père est absolument ravi :

– Bon sang de bois, j'vais te dire, j'ai vu une tripotée de matchs dans ma vie, mais ça, ça dépasse tout !

Il ne l'avouera jamais, mais il regrette sans doute de ne pas avoir eu de fiston footballeur. Et pour lui, une fille en ligue de derby est une belle consolation.

Je me tourne vers ma mère, qui conserve précieusement ses pompons verts aux couleurs des Scouts en gerbe.

– Oh, mon Dieu, c'était si terrifiant ! s'écrie-t-elle avant d'ajouter : il me tarde que la prochaine saison commence. Je vais me faire imprimer un tee-shirt « Babe Ruthless est mon bébé ».

Shania lève la tête et gémit :

– Maman, quand est-ce que j'aurai des patins, moi aussi ?

Brooke la regarde d'un air catastrophé. Et tandis que ma petite famille va faire une razzia sur le stand de produits dérivés, je me retrouve seule à observer les alentours, et à savourer ma folle journée qui s'achève. Pour le restant de mes jours, ce souvenir restera gravé dans ma mémoire. Autant le graver correctement.

Et là, je l'entends. Cette voix, si familière.

– Beau match, sexy girl !

Je me liquéfie. En me retournant, j'aperçois ____.

– Désolé de ne pas t'avoir appelée, mais ces derniers jours ont été un peu dingues.

J'aurais aimé pouvoir vous dire qu'il a une sale mine, qu'il a pris quinze kilos, qu'une poussée soudaine d'acné l'a défiguré. Mais la vérité, c'est que ce garçon est canon. Et personne ne porte le tee-shirt aussi bien que lui.

Pour la première fois depuis ce matin, mes forces s'amenuisent. Alors, c'est ça, la vie ? Vous passez une journée mémorable, vos amis sont là pour vous encourager, vos parents vous comprennent enfin (du moins pour un temps), vous accomplissez quelque chose qui vous tient vraiment à cœur et l'arrivée d'un parasite vient tout gâcher ?

Je lance un regard à Pash et au Moineau, restés en retrait, derrière la piste, à se bousculer en riant, l'air complètement mordus. Une pin-up façon années 50 et l'imbécile qui est amoureux d'elle. Sur le papier, ça cloche tellement que ça colle.

Et c'est là que je réalise. Entre ______ et moi, ça collait tellement que ça clochait. C'était trop beau pour être vrai.

– Alors, on va faire un tour ? Ou quoi ? demande-t-il en me jetant tout ce qu'il a de cool et d'adorable à la figure.

Une séance de pelotage est tentante… mais je ne suis plus si naïve. Je suis une fille intelligente. Je le regarde dans les yeux et réponds :

– Ou quoi.

Maintenant, je vais vous dire une chose que je ne répéterai jamais : ma mère avait raison. Il ne me mérite pas. Alors, je me détourne.

– Hé, réplique-t-il en m'attrapant par le poignet, mais je me dégage aussitôt.

Tandis que je m'éloigne sur mes patins, un mur de Scouts lui barre la route, venant à mon secours. J'entends Malice s'énerver :

– Un conseil, mon pote. Ne cherche jamais une fille sur roulettes.

Là, il me faudrait sans doute conclure sur mon aventure du roller derby et disserter sur les profondes leçons que j'en ai tirées… Tu parles.

Si j'ai retenu quelque chose, c'est que la vie est bien plus trompeuse qu'on ne le croit. Vos parents nuls peuvent se montrer cool et les gens qu'on tient pour cool peuvent se révéler extrêmement nuls.

Plus sérieusement, si je peux me permettre un petit conseil : NE SORTEZ JAMAIS AVEC UN MUSICOS !

Et si vous choisissez d'ignorer ce premier conseil, en voici un second : NE LUI DONNEZ PAS VOTRE TEE-SHIRT STRYPER ! Parce que vous ne le reverrez jamais. Croyez-moi, je l'ai appris à mes dépens. (Et oui, bon sang, ça fait toujours mal, mais ça s'arrange avec le temps.)

Ma quête version revue et corrigée : trouver un type qui soit aussi branché musique que moi, mais qui n'en joue pas. Je crois que c'est ça, le secret.

Alors si vous en connaissez un, envoyez-le-moi. Yihah !

DANS LA MÊME COLLECTION

MACADAM

MILAN

Entre chiens et loups

de Malorie Blackman

Callum m'a regardée. Je ne savais pas, avant cela, à quel point un regard pouvait être physique. Callum m'a caressé les joues, puis sa main a touché mes lèvres et mon nez et mon front. J'ai fermé les yeux et je l'ai senti effleurer mes paupières. Puis ses lèvres ont pris le relais et ont à leur tour exploré mon visage. Nous allions faire durer ce moment. Le faire durer une éternité. Callum avait raison : nous étions ici et maintenant. C'était tout ce qui comptait. Je me suis laissée aller, prête à suivre Callum partout où il voudrait m'emmener. Au paradis. Ou en enfer.

Imaginez un monde. Un monde où tout est noir ou blanc. Où ce qui est noir est riche, puissant et dominant. Où ce qui est blanc est pauvre, opprimé et méprisé. Un monde où les communautés s'affrontent à coups de lois racistes et de bombes. C'est un monde où Callum et Sephy n'ont pas le droit de s'aimer. Car elle est noire et fille de ministre. Et lui blanc et fils d'un rebelle clandestin…

Et s'ils changeaient ce monde ?

La couleur de la haine

de Malorie Blackman

J'ai compris que je ne savais rien de la manière dont je devais m'occuper de toi, Callie. Tu n'étais plus une chose sans nom, sans réalité. Tu n'étais plus un idéal romantique ou une simple manière de punir mon père. Tu étais une vraie personne. Et tu avais besoin de moi pour survivre.

Callie Rose. Ma chair et mon sang. À moitié Callum, à moitié moi, et cent pour cent toi. Pas une poupée, pas un symbole, ni une idée, mais une vraie personne avec une vie toute neuve qui s'ouvrait à elle.

Et sous mon entière responsabilité.

Imaginez un monde. Un monde où tout est noir ou blanc. Où ce qui est noir est riche, puissant et dominant. Où ce qui est blanc est pauvre, opprimé et méprisé.

Noirs et Blancs ne se mélangent pas. Jamais. Pourtant, Callie Rose est née. Enfant de l'amour pour Sephy et Callum, ses parents. Enfant de la honte pour le monde entier. Chacun doit alors choisir son camp et sa couleur. Mais pour certains, cette couleur prend une teinte dangereuse… celle de la haine.

Le choix d'aimer

de Malorie Blackman

Voilà les choses de ma vie dont je suis sûre :

Je m'appelle Callie Rose. Je n'ai pas de nom de famille. J'ai seize ans aujourd'hui. Bon anniversaire, Callie Rose. Ma mère s'appelle Perséphone Hadley, fille de Kamal Hadley.

Kamal Hadley est le chef de l'opposition – et c'est un salaud intégral. Ma mère est une Prima – elle fait donc partie de la soi-disant élite dirigeante.

Mon père s'appelait Callum MacGrégor. Mon père était un Nihil. Mon père était un meurtrier. Mon père était un violeur. Mon père était un terroriste. Mon père brûle en enfer.

Imaginez un monde. Un monde où tout est noir ou blanc. Où ce qui est noir est riche, puissant et dominant. Où ce qui est blanc est pauvre, opprimé et méprisé.

Dans ce monde, une enfant métisse est pourtant née, Callie Rose. Une vie entre le blanc et le noir. Entre l'amour et la haine. Entre des adultes prisonniers de leurs propres vies, de leurs propres destins.

Viendra alors son tour de faire un choix. Le choix d'aimer, malgré tous, malgré tout…

Le retour de l'aube

de Malorie Blackman

Tobey est amoureux de Callie.

Fou amoureux. Pour son anniversaire, il veut lui offrir un cadeau digne d'elle, un cadeau de valeur. Alors il va accepter le pire : effectuer une livraison pour le gang de McAuley. En échange d'un peu d'argent.

Un peu d'argent qui le conduira directement en enfer…

DÉCOUVRE UN EXTRAIT D'ENTRE CHIENS ET LOUPS

Sephy

J'ai remué les orteils. J'aimais bien sentir le sable chaud passer entre mes doigts de pied ; je les ai enfoncés plus profondément. J'ai renversé la tête en arrière. Cet après-midi d'août était magnifique. Rien de mal ne pouvait arriver par une journée comme celle-ci. Et ce qui était encore mieux, c'est que je pouvais la partager. C'était rare et précieux. J'ai regardé le garçon assis à côté de moi. Mon sourire me faisait plisser les yeux.

– Je peux t'embrasser ?

Mon sourire s'est effacé. J'ai froncé les sourcils.

– Quoi ?

– Est-ce que je peux t'embrasser ?

– Pourquoi ?

– Pour voir ce que ça fait, a répliqué Callum.

Berk ! Double berk ! Mon nez s'est plissé malgré moi. S'embrasser ? Pourquoi est-ce que mon meilleur ami avait tout à coup envie d'un truc aussi… débile ?

– Tu en as vraiment envie ? ai-je grimacé.

Callum a haussé les épaules.

– Oui.

– Bon, d'accord.

Mon nez s'est de nouveau plissé.

– Mais fais vite !

EXTRAIT

Callum s'est tourné vers moi, j'ai levé mon visage vers le sien. Je reconnais que j'étais curieuse. J'ai penché ma tête vers la gauche. Lui aussi. J'ai penché ma tête vers la droite. Callum m'a imitée de nouveau. Il se prenait pour mon reflet. J'ai pris son visage dans mes mains pour l'immobiliser.

– Tu veux que je penche ma tête à droite ou à gauche ? lui ai-je demandé impatiemment.

– Euh… de quel côté les filles penchent la tête en général, quand elles se font embrasser ?

– Qu'est-ce que ça peut faire ? Et puis, en plus qu'est-ce que j'en sais ? Je n'ai jamais embrassé personne, je te rappelle !

– Penche vers la gauche alors.

– Ma gauche ou ta gauche ?

– Euh… ta gauche.

J'ai obéi.

– Dépêche-toi maintenant. Je vais avoir un torticolis si je reste comme ça trop longtemps.

Callum a passé sa langue sur ses lèvres et a doucement approché son visage du mien.

– Oh non ! Essuie ta bouche d'abord !

– Pourquoi ?

– Tu viens de passer ta langue dessus.

– Bon, d'accord.

Callum s'est essuyé du revers de la manche.

J'ai repris ma position. Je serrais les lèvres. Je me demandais ce que je devais faire. Avancer les lèvres, ou sourire pour paraître plus attirante ? Jusqu'à présent, je m'étais juste entraînée à embrasser mon oreiller. C'était très différent. Et tout aussi ridicule !

– Dépêche-toi, me suis-je impatientée.

J'ai gardé les yeux grands ouverts. Je voyais le visage de Callum s'approcher. Ses yeux gris étaient ouverts aussi. J'allais loucher si je continuais à le fixer comme ça. Ses lèvres ont touché les miennes. Ouah ! C'était bizarre ! Je m'étais attendue à ce que sa bouche soit plutôt dure et sèche, comme des écailles de lézard, mais ce n'était pas du tout le cas. Elle était douce. Callum a fermé les yeux. J'en ai fait autant. Nos bouches étaient toujours collées, la respiration de Callum se mêlait à la mienne. C'était chaud. Et soudain, sa langue a effleuré la mienne.

Berk !

Je me suis aussitôt reculée et je me suis essuyée.

– Pourquoi t'as fait ça ?

– C'était agréable, non ?

– Je ne veux pas sentir ta langue !

– Pourquoi ?

– Parce que…

J'ai frissonné à cette simple idée.

– Parce que ta salive va se mélanger avec la mienne.

– Et alors ? C'est le but du jeu.

J'ai réfléchi.

– Alors ? a insisté Callum.

J'ai froncé les sourcils.

EXTRAIT

– Bon d'accord ! Ah, qu'est-ce que je ne ferais pas pour toi !

Callum m'a souri. Il y avait cette lueur dans ses yeux. C'est toujours comme ça avec lui. Je ne sais jamais s'il se moque de moi ou pas. Avant que j'aie le temps de changer d'avis, j'ai senti les lèvres de Callum sur les miennes. Aussi douces que la première fois. Après un moment, j'ai commencé à trouver que ce n'était pas si désagréable. C'était même plutôt pas mal. J'ai fermé les yeux et j'ai commencé à rendre son baiser à Callum. Sa langue s'est enroulée sur la mienne. Elle était chaude et humide, mais ça ne m'a pas dégoûtée. Et même ma langue s'est mise à bouger aussi. Je me sentais bizarre. Mon cœur battait de plus en plus fort dans ma poitrine. Et tressautait. J'avais des nœuds dans l'estomac. J'ai reculé.

– Ça suffit maintenant !

– Désolé.

– Pourquoi tu t'excuses ? ai-je lancé à Callum. Tu n'as pas aimé ?

Callum a haussé les épaules.

– Si.

J'étais déçue. Je ne savais même pas pourquoi.

– Tu avais déjà embrassé des filles avant moi ?

– Non.

– Des filles primas ?

– Non.

– Des filles nihils ?

– Non, je te dis que non.

EXTRAIT

Callum a pris un air exaspéré.

– Alors pourquoi tu voulais m'embrasser ?

– On est amis, non ?

Je me suis détendue et j'ai souri.

– Ben oui, on est amis.

– Et si tu peux pas embrasser tes amis, alors qui tu vas embrasser ?

Je me suis tournée vers la mer. Elle brillait comme un miroir brisé dont chaque fragment étincellerait. Je ne me lassais jamais de la beauté de la mer et du sable. J'aimais la brise qui me caressait le visage. La plage privée de mes parents était le plus bel endroit au monde. Ces quelques kilomètres de côtes nous appartenaient. Quelques panneaux indiquant l'entrée d'une propriété privée et une clôture en bois dissuadaient les visiteurs. Callum et moi avions pratiqué une ouverture dans la clôture.

Et Callum était la personne que j'aimais le plus au monde.

Callum.

Il me regardait avec cette drôle d'expression sur son visage.

– Qu'est-ce que tu as ?

– Rien.

– Tu penses à quoi ?

– À toi et moi.

– Et ?

Callum a regardé les vagues.

EXTRAIT

– Quelquefois, j'aimerais que nous soyons seuls au monde.

– On passerait tout notre temps à se disputer, l'ai-je taquiné.

Il est resté silencieux un instant.

– Sephy, m'a-t-il soudain demandé, tu n'as jamais envie de… t'échapper ? De sauter sur le premier bateau ou dans le premier avion venu et de fuir cet endroit…

– Pour aller où ?

– Je ne sais pas, a répondu Callum avec amertume. Le monde est partout pareil…

– Ce n'est pas si mal ici…

– Hmm. Ça dépend de quel point de vue on se place, a répliqué Callum. Tu es du bon côté, Sephy. Pas moi.

Je n'ai rien trouvé à répondre. Nous sommes restés silencieux.

Au bout d'un moment, j'ai lancé :

– De toute façon, où que tu ailles, j'irai avec toi. Même si tu en as marre de moi.

Callum a soupiré. Son soupir venait de loin. J'ai eu le sentiment d'avoir échoué à un test.

– On ferait mieux de travailler. Quel est le programme pour aujourd'hui ?

J'étais déçue. Une fois encore. Mais quoi ? Qu'est-ce que j'attendais ? Une phrase du genre : Je n'en aurai jamais marre de toi, Sephy, tu es si drôle, si jolie, si intelligente !

Mais oui, bien sûr !

EXTRAIT

– Alors on fait quoi aujourd'hui ? a répété Callum, impatiemment.

– Callum... Le soleil est trop chaud et la mer trop bleue ! Je n'ai pas envie de travailler, moi ! Et puis, ça y est, tu as été reçu à l'examen d'entrée, alors pourquoi tu ne te donnes pas un peu de repos !

– Je ne veux pas que les professeurs aient une bonne excuse pour me virer.

– Tu n'as pas encore commencé les cours et tu parles déjà de te faire virer ?

J'étais déconcertée. Pourquoi se montrait-il si cynique quand il parlait de mon collège ?

– Tu n'as pas à t'inquiéter. Tu as été reçu. Tu as été accepté.

– Reçu, oui. Accepté, c'est autre chose, a lâché Callum. Et puis je veux en savoir le maximum pour ne pas passer pour un parfait crétin.

– Eh ! me suis-je soudain écriée. Tu seras peut-être dans ma classe ? Oh, ce serait génial !

– Tu le penses vraiment ?

J'ai essayé – sans y parvenir – de ne pas montrer que j'étais vexée.

– Pas toi ?

Callum m'a souri.

– Tu réponds à une question par une autre...

– Et alors ?

Me prenant par surprise, Callum m'a poussée. Je suis tombée en arrière sur le sable. Je me suis relevée sur les genoux.

EXTRAIT

– Tu me cherches ?

– Non, pas du tout, a souri Callum.

Nous avons éclaté de rire. Je me suis arrêtée la première…

– Callum… Tu ne voudrais pas être dans ma classe ?

Il a baissé la tête.

– C'est un peu humiliant pour nous, les Nihils, d'être casés dans les classes de bébés.

– Qu'est-ce que tu veux dire ? Je ne suis pas un bébé !

Je me suis redressée et je l'ai assassiné du regard.

– Sephy, j'ai quinze ans ! Dans six mois j'en aurai seize et ils me mettent avec les douze-treize. Ça te ferait quoi, à toi, de te retrouver avec des plus jeunes que toi ?

– Euh… je…

Je me suis rassise.

– Je vais avoir quatorze ans dans trois semaines, ai-je dit d'un ton boudeur.

– Ce n'est pas le problème, Sephy, tu le sais.

– Mais ils t'ont expliqué pourquoi. Vous avez tous au moins une année de retard…

– La faute à qui ? s'est exclamé Callum avec amertume. Il y a encore quelques années, nous n'avions le droit d'aller que dans des écoles réservées aux Nihils, et jusqu'à quatorze ans seulement, lesquelles écoles disposent de dix fois moins de fonds que les vôtres.

Je n'avais rien à répondre à ça.

– Je suis désolé, je ne voulais pas te vexer.

EXTRAIT

– Je ne suis pas vexée, ai-je soupiré. Est-ce que tu as des amis de ton ancienne école qui ont réussi l'examen ?

– Non, aucun. Et je n'aurais pas réussi non plus sans ton aide.

Il avait prononcé cette phrase comme une accusation. J'avais envie de m'excuser et je ne savais même pas de quoi.

Callum a soupiré.

– On travaille, maintenant ?

– D'accord.

J'ai ouvert mon cartable.

– Tu veux faire quoi ? Maths ou histoire ?

– Maths, j'aime bien les maths.

– Berk !

J'ai secoué la tête.

– Comment peut-on aimer les maths ? Moi je préfère les langues et la biolo. La sociologie aussi et la chimie. Les maths, c'est ce que je déteste le plus avec la physique. Mais bon, si tu veux faire des maths… je vais te dire ce que j'ai révisé la semaine dernière, comme ça tu pourras m'expliquer.

Callum a ri.

– Tu devrais comprendre les maths. C'est une forme de langue. C'est un langage universel.

– Qui a dit ça ?

À SUIVRE…

Achevé d'imprimer en Italie par Canale
Dépôt légal : 1er trimestre 2011